天神さまの花いちもんめ

嗣人
tuguhito

産業編集センター

天神さまの花いちもんめ

◆神様名簿◆

敬称略

菅原道真《すがわらのみちざね》

全国にある天満宮《てんまんぐう》の総本社、太宰府《だざいふ》天満宮の御祭神《ごさいじん》。学問・文化芸術・厄除の神。全国の受験生の頼みの綱でもある。真面目で誠実な性分なので常に寝不足、過労で倒れることもしばしば。また天の神でもある為、雷を司る。見た目は三十代前半、眼鏡をかけることもある。家電製品などの機械全般が苦手。太宰府図書館によく出没する。

好きな食べ物は卵かけご飯。苦手な食べ物はパクチー。

宇迦之御魂《うかのみたま》

穀物・食物の神にして伏見《ふしみ》稲荷《いなり》大社《たいしゃ》の主祭神。全国の稲荷社にもよく顕現する。小柄な険しい顔をした老人の姿で目撃されることが多い。無類の子ども好きであり、あちこちの幼稚園で目撃される。また美食家としても知られ、酒蔵や陶芸家の元へ訪れることもしばしば。気の難しい神として若い神から有名。

好きな食べ物は天津甘栗。苦手な食べ物はチョコレート。

えびす神

生まれて早々蛭子《ひるこ》として、親神から葦《あし》の船で流されてしまったが、流れ着いた先で「寄り神」として海浜で祀られるようになった。商売繁盛・福徳をもたらす神。特に漁師の崇敬を集めており、当人も無類の釣り好き。見た目は四十代の中年男性。菅原道真とは神友関係にある。スポーツジムに登録しているが、幽霊会員となっている。

好きな食べ物は握り寿司、苦手な食べ物はドラゴンフルーツ。

神功皇后《じんぐうこうごう》

宇美八幡宮《うみはちまんぐう》や宮地嶽神社《みやじだけじんじゃ》の御祭神。身罷った仲哀天皇《ちゅうあいてんのう》の皇后として七十年間、摂政として君臨したキャリアウーマンの元祖。お腹に応神天皇《おうじんてんのう》を宿したまま戦を主導した為、戦神ながら安産守護の神。見た目は気品に溢れた女子大生然としているが、男勝りな性格の持ち主。ファッションや美容、無類の酒好きとしても知られており、「可憐な女神の集い」の主催神でもある。

好きな食べ物は焼肉。苦手な食べ物は特になし。

宗像三女神《むなかたさんじょしん》（多紀理毘売《たぎりひめ》）

天照大御神《あまてらすおおみかみ》と素戔嗚尊《すさのおのみこと》の誓約にて生まれた三柱の女神にして、三姉妹の長女。全ての道を開くとされる、交通の神にして開運の神。玄界灘《げんかいなだ》に浮かぶ絶海の孤島、沖の島の御祭神。二十代半ばの類稀なる美女だが、気位が高く、才能のある請願者にはその願いを叶える反面、過酷な運命を課すことがある。父である素戔嗚尊の気質を受け継いでおり、無類の酒好きとして知られる。宴に同席した神は潰される。「可憐な女神の集い」の名誉会員。

好きな食べ物はブイヤベース。苦手な食べ物は生牡蠣。

目次

序

太宰府《だざいふ》天満宮《てんまんぐう》の本殿は、馥郁《ふくいく》たる梅の花の香りに包まれていた。

午前八時半。一日の始まりに神職たちが本殿に参集しお祓《はら》いをする朝拝《ちょうはい》神事を、共に受けようと多くの参拝者たちが集まっている。朝の清らかで少し張り詰めた空気の中、祝詞《のりと》をあげる声が朗々と響く。

今日は大切な神事がある為、朝食を後回しにして天満宮へやってきていた。

太宰府天満宮の境内、苔生《こけむ》した巨大な楠《くすのき》の古木に見守られるようにして幼稚園がある。戦後まもなく氏子《うじこ》の子どもたちを預かる為に生まれ、以来七十年、天神たる私の加護の下に健やかに彼らを育んでいる。

二ヶ月に一度、天満宮で園児たちの誕生祭を執り行うことは大切な神事のひとつ。園児服に身を包んだ愛らしい子どもたちが、祝詞に耳を傾けて頭を下げる様子に目をやりながら、健やかな成長を祈らずにはおれない。

幼稚園で転《まろ》ぶように駆け回る幼子たちの姿を眺めながら、傍らの楠を見上げた。千年前、あれほど細く頼りなかったそれが、時を経て見上げるほどの巨木となった。

左遷され、太宰府の地へ流されてきた日々は遥か遠くへ過ぎ去った。しかし、あの幼い祈りから始まった願いは、今もなお連綿と続いている。

「東風《こち》吹かば、匂い起こせよ、梅の花。主《あるじ》なしとて春な忘れそ」

今にして思えば、まさか飛んでくるとは思わなかった。

かつて京の都に置いてきた筈の梅の木は、私を慕って空を飛んでやってきて、今も尚、本殿の傍に侍《はべ》るようにして毎年、美しい花を咲かせている。松の木も本殿の裏手にそっと佇んでいたが、こちらも京の都より飛び立ったものの、途中で力尽きて墜落してしまい、残りは徒歩でやってきたという老松である。ちなみに今は枯れて跡形もない。

「随分と賑やかになったものです」

春の空は高く、遠く晴れ渡っている。

耳を傾ければ無垢な子どもたちの笑い声が聞こえ、厳粛な祝詞が我が御霊《みたま》を震わせた。

四季は巡る。

春は、その始まりの季節である。

春の章　一　東風梅香

太宰府天満宮のことをご存じだろうか。

福岡県は太宰府市に位置する日本屈指の大神社であり、その歴史は千百年を超える。勉学全般の御神徳《ごしんとく》が得られると全国から受験生が訪れることで有名で、初詣だけで二百万人以上、年間を通すと八百万人もの参拝客がやってくる。京都の北野天満宮と共に天神信仰の総本社として知られているが、太宰府天満宮の本殿の下には祭神である菅原道真《すがわらのみちざね》の墓がある。

そう。つまり太宰府天満宮とは、私の骸《むくろ》を弔《とむら》った墓の上に建てられた神社なのだ。参拝と墓参りを兼ねているといっても過言ではないのだが、そのことを知る者は地元福岡の人間にも案外少ない。

さて、この国には八百万《やおよろず》の神々が息づいている。これは比喩でもなんでもない。コンビニで立ち読みをしていたり、ラーメン屋の行列に並んでいたり、公園のベンチでぐったりと休んでいたりする。目ざとい者ならば、周りを探してみれば案外見つけることができるかもしれない。ただ声をかけるべきではないだろう。間違っていたら大怪我では済まない。いかにも神様かもな、というような異形の神もいるが、妖怪の類かも知れないのでやはり声はかけない方が無難である。

では、私こと菅原道真が普段から何処にいるのかと問われれば、太宰府市五条《ごじょう》の築五十年を超えるアパートに住んでいると答えなければならない。御笠川《みかさがわ》沿いの小さな木造アパートで、小さな風呂とトイレのある四畳半の部屋で寝起きしている。そんな所で何をしているのかといえば、生活をしているのだ。

天満宮の本殿にあるのは、正真正銘私の御魂《みたま》ではあるのだが、身体がなければできぬことは幾らでもある。肉体がある以上、腹が減れば食事を摂らねばならず、疲れが溜まれば眠りにつかねばならない。当然、生きていくには住まいが必要になるのだが、本殿に布団を敷いて住みつく訳にはいかないので、こうして神社から自転車で十分ほどの立地にアパートを借りて暮らしているのだ。

私の子孫であり、宮司を務める西高辻《にしたかつじ》家で暮らせばいい、という者もいるかもしれないが、それはできない。

それはそれ。これはこれである。

朝、目覚まし時計のけたたましい音で眠りから覚める。寝ぼけ眼をこすりながら、生まれたての屍《しかばね》のような有様で布団から這い出る。

『春眠、暁を覚えず』というが、私は遅寝早起きを常としているので、ほとんど夜明けと同時に目を覚ます。玄関横の台所の小さなシンクで顔を洗い、お歳暮に頂いた化粧水を顔に叩く。『優しく染みこませるように使いなさい』と神功皇后《じんぐうこうごう》様に言われたが、要領がよく分からない。ただ顔に化粧水をつけるようになってから皮膚が乾燥しなくなったので、きっと効いているのだろう。プラシーボ、プラシーボ。

顔をタオルで拭いて鏡を見やると、目の下にクマのある三十代前半の男が疲れた顔をして映っていた。睡眠不足と過労で顔色も悪い。やや痩せぎすなのは油物をほとんど口にしないからだろう。こう見えて千歳を超えているので、揚げ物はとにかく胃にもたれる。肉よりは魚が好みだが、あまり量が食べられないので一向に体重が増えない。

リモコンでテレビを入れ、朝のニュース番組を流しておく。

冷蔵庫から生卵を取り出し、炊きたてのご飯を椀によそう。別の小皿に生卵を落とし、その中央へ地元の醤油を慎重にちょろりと回しかけた。平安時代、京の都にいた頃にはまだ醤油は存在しなかったので、その辺りの味覚はすっかり九州のそれに慣れた。甘めの醤油が好みだ。ちゃかちゃか、とかき混ぜてから白米の頂を少し凹ませ、そこへゆっくりと醤油色に染まった生卵を注いで完成である。

テレビの正面にあるちゃぶ台へと移動して、座布団の上に腰を下ろす。

「いただきます」

手を合わせてから箸を手に取り、生卵の絡んだ白米を頬張ると、思わず笑みがこぼれた。卵のコクとまろやかさに加え、醤油の塩味と風味がたまらない。

「うん。美味しい、美味しい」

卵かけご飯に出会った時の衝撃は忘れられない。江戸時代の中期頃だったか。伏見《ふしみ》稲荷大《いなりたい》社《しゃ》の宇迦之御魂《うかのみたま》様に教えて頂いた時には「生卵を食べるなんて正気？」くらいの気持ちでいたが、一口食べてからというもの、すっかり虜《とりこ》になってしまった。

それから朝食は卵かけご飯と決めている。

ペロリ、とあっという間に一膳を平らげてしまった。一分ほどもかかっていない。思わずおかわりをしてしまおうか、とも思うが、それでは際限がないので自制する。コレステロールの摂り過ぎは良くない。また痛風になる。

「ご馳走様でした」

椀と箸をシンクの桶に浸けて、すぐに洗ってしまう。それから水切りカゴに置いて、桶の方も磨き上げた。狭い部屋だからこそ片付けは溜めずに小まめにしておくに限る。

寝巻を着替えて、厚手の上着を羽織った。春とはいえ、まだ朝方はかなり冷える。

小銭入れをポケットへ入れて、家の鍵をかけてアパートをあとにした。

「はぁ、もう少し春めいてくると良いのだけれど」

息を吐くと、白い靄となって澄んだ朝の空気に溶けて消える。

早朝の太宰府は、まだ眠っているように静まり返っていた。住宅街のあちこちで、にわかに人々が起き始めている気配がする。新聞配達から戻ってきたバイクを眺めながら、太宰府市役所の方へと向かった。

ここ千年、ほとんど欠かさずに朝の散歩に出かけている。日課だが、これを他の神に話したことはない。これは神としての勤めではないからだ。

三浦の碑のある五条橋を渡り、御笠川沿いの小道を進んでいく。あと一ヶ月もしないうちに立ち並ぶ桜の木々も満開となるだろう。風で舞い落ちた花弁が、水面を一面の桜色に染める情景は春の風物詩である。

「いよいよ春ですね」

受験シーズンも終わり、卒業を迎えた受験生たちが合格の御礼《おれい》参りにやってくる季節だ。

しかし残念ながら、合格祈願にやってきた全ての受験生が合格する訳ではない。勉学の神とはいえ、私に学力や内申点を増やすようなことはできない。一目で偏差値を見抜いたり、内申点の点数を大まかに見通すことくらいで、大したことはできないのだ。受験でものをいうのは、結局のところは本人の学力である。私たちにできるのは、人知の及ばぬ領域に限る。受験当日に体調不良で倒れることがないよう、或いは天候不良で公共交通機関が止まらないよう、八百万《やおよろず》の神々は連携を行う。万全の状態で受験に臨めるよう神威《しんい》を発揮するのだ。しかし、それだけだ。自らの将来は、自らの手で勝ち取らねばならない。

「おはようございます」

犬の散歩をしているご婦人とすれ違いながら、会釈を交わす。

少しずつ街が目を覚まし始めていた。会社へ出勤するサラリーマン、散歩に出かける高齢の夫婦、食パンを咥えて部活へと出かける高校生を眺めながら、私も目的地を目指した。

都府楼《とふろう》橋の交差点を渡り、筑陽《ちくよう》学園の前を通って西鉄二日市《にしてつふつかいち》駅の方へと道なりに進んでいくと、右手側に鎮守の森が見えてくる。榎社《えのきしや》と言われる小さな社だが、ここに祀《まつ》られている神はいない。ここは年に一度、私の御霊が戻ってくる場所でしかなかった。

自販機で温かい缶コーヒーを買い、敷地の中を散策する。かつての光景とは何もかもが違っているが、木々から差し込む朝日の様子や、春を孕《はら》み始めた空気の匂いは何も変わっていない。閑静な住宅街が近いので、夕方になると下校した子どもたちがかくれんぼをしたりして遊んでいるのを見かけることがよくある。

榎社の後ろにある、小さな社へ手を合わせる。

「今日も一日、父は勤めを果たしてくるよ」

そうしてその場所を後にする。

缶コーヒーの残りを飲み干して、空き缶を自販機の横のゴミ箱へ投じた。


こうして、今日も今日とて、神としての一日が始まる。

⁂

えっちらおっちら家へ戻ると、見覚えのある神の姿があった。アパートの外階段に腰かけて、両手を組んで寒さにぶるぶると震えている。年齢は四十代前半、中肉中背のいかにも何処にでもいそうなおじさんの外見をしていた。

「菅原。帰ってくるのが遅い。身体の芯まで凍えたぞ。どうしてくれる」

「勝手に訪ねてきておいて、なんたる言い草。私がいつもこの時間留守にしているのは知っているだろう」

顔をしかめながら、家の鍵を開けると、まだ招いてもいないのに「おお寒い」と勝手に上がり込んでしまった。

「待て待て。今から仕事に行くんだ。帰ってくれ」

「せっかく訪ねてきた友だちに、そんなこと言うなよ」

ともだち。確かに間違いではないが、早朝からいきなり訪ねられては迷惑この上ない。

彼は魚釣りの神を公言する、神名《じんみょう》を蛭子命《ひるこのみこと》。えびす様として知られる古い神である。彼とは神になって間もない頃に知り合ったのだが、歌も詠まなければ、本も読まない。歯に衣着せぬ物言いと性格だが、妙に馬が合い、こうして千年経っても友人として親交がある。伊邪《いざ》那岐命《なぎのみこと》様と伊邪那美命《いざなみのみこと》様の間に生まれた最初の神でありながら、不具の子として葦《あし》の船に入れて流され、流れ着いた土地で、えびす神として祀られたという。『最古のネグレクトだろ、あんなの』とは本人の言である。父である伊邪那岐命様とは未だに仲が悪いらしい。

「菅原。もう朝飯食べた？」

「散歩前に済ませたよ」

「またどうせ卵かけご飯食べたんだろ」

よく飽きないな、と呆れたように言う。大きなお世話である。

「朝ご飯まだなら、卵かけご飯なら出せるけど」

「えー、卵かけご飯ー？」

不服そうである。いい歳をして好き嫌いをするなと言いたい。

「嫌なら食べるな」

「嘘、嘘。ありがたく貰うよ」

私は来客用のお椀と箸を取り出して、ご飯をよそってから卵と一緒に出してやった。

「俺はさ、卵は黄身と白身に分けるのが好きなんだよ。先に黄身をご飯の中央に落として、白身はこうするんだ」

小皿に残った白身を器用に箸で掻き回し始める。このままメレンゲでも作るつもりか。

「小皿だとやりにくいな。泡立て器とボウルどこだ？」

「頼むから、そのまま食べてくれ」

卵かけご飯ひとつにどれだけ洗い物を出すつもりだ。

「しょうがない。俺の神威《しんい》で泡立たせるか」

「どんな神威の使い方だ」

「お前だって携帯電話の充電に使っていたりするだろ」

非常事態だけだ。普段はちゃんと充電器を使う。間違えると携帯電話が壊れてしまうので、本当の非常時にしか神威で充電はしない。

どういう原理か、あっという間にメレンゲになった白身を黄身の周りに配置して、醤油をドバドバとかける。

「そんなにかけたら高血圧になるぞ」

「心配するな。もうなっている」

自分たちの祭神《さいじん》が高血圧と知ったなら、氏子たちはなんと思うだろうか。ともかく御神酒《おみき》や塩分の多い供物は避けるようになるに違いない。

ずぞぞ、と吸い込むように頬張り、にやり、と満足げに笑う。

「味付け海苔があれば完璧だな。確か上の戸棚にあったよな。あと七味、七味」

「……もう勝手にしてくれ」

止めるのが馬鹿馬鹿しくなってきた。千年前からこの調子である。当初はもちろん敬意を払っていたし、敬語も使っていたのだが、いつの間にか互いに遠慮をしなくなった。しかし、それ以上に付き合いの長い宇迦之御魂《うかのみたま》様には、こんな態度はとてもできない。恩人にそんな態度を取ることなど、不敬である。

宇迦之御魂様は、いつまでも我が師のような存在だ。

「それで今日はなんの用？」

「いや、たまたま近くを通ったものだからさ」

「こんな早朝に？」

「宇迦之御魂様のとこで朝方まで呑んでいたんだよ。べろんべろんに酔って帰れなくなって。それで、ついでに菅原の顔を見にいこうかなって思って立ち寄った訳だ。おまけに、なんか食えるものないかなって。おかげで酔いが醒めてきた」

戸棚から浦島海苔を取り出しながら、こともなげに言う。

「あの方と朝まで呑み明かして、よくも平気でいられるものだ」

「酒よりも古い神だからな。肝臓が違う、肝臓が」

おそらく肝臓は無関係だと思うが、やはり古い神は強靭だ。何というか私のように人の身から神になった者とは規格が違うように思う。

「今日はどうせ天満宮へ行くんだろ？」

ぺろり、と食べ終えたえびすに予定を言い当てられて、思わず目を丸くした。

「どうして分かるんだ」

「簡単だ。国公立大学の合格発表があるだろ。結果が出ていない者も、結果が出た者も大勢やってくる。そんな日に自分の社へ赴かないような不真面目な神じゃあるまい」

心の中を見透かされているようで、何とも気に食わない。

「私の氏子の姿を見ておきたい。その背を押したいと思わずにはおれないんだ」

たとえ何もできなくとも、見届けることだけはできる。いや、見届けて覚えておくことこそが神の役割だ。

「俺のとこには受験生はあんまり来ないからな。豊漁を願う気の荒い漁師ばっかりだ。それでも、とにかく無事に港へ戻って来られるよう願わない日はない。氏子の行末が気にならない神などいないさ」

「宮参りの時から見守っている子も少なくないからな」

「向こうは俺らの顔なんぞ知らんがなあ。だが、それでいいんだ。神の顔なんぞ知らんでいい」

がっかりされても困るしな、と笑う。

「私はこれから出かけるけど、どうせなら一緒に行こうか」

「俺も昼には戻らなきゃいかんから、それまで付き合おう。何か俺が力になれることがあるかも分からん」

「分かった。でも、その前に洗い物はシンクの桶に浸けておいてくれ。いや、違う、水じゃない。お湯を溜めるんだ。汚れ落ちが違う。ああ、洗剤は入れなくていい。そんなに使うな、勿体無い」

私の言葉に振り返りながら、うんざりした顔を向ける。

「お前、奥さんに細かいって文句を言われたことあるだろう」

「失礼な。そんなことがあるか」

「いやぁ、お前が気づいてないだけであったと思うぞ。平安時代で良かったな。右大臣」

むっ、として傍にあった塵紙を投げつける。

「追贈されて太政大臣《だいじょうだいじん》にまでなったわ」

⁂

えびすが太宰府まで歩くのが面倒だと駄々をこねるので、仕方なく西鉄五条駅《にしてつごじょう》から西鉄太宰府駅まで電車に乗ることになった。たった一駅分の為に切符を買うなんて信じられなかったが、当人はまるで気にする様子がない。それどころか今度は参道から本殿までが遠いと文句を言い出した。生まれてすぐに葦の船に乗っていたせいか、乗り物が好きなのかもしれない。

「俺は前々から思っていたんだ。どうして参道から真っ直ぐの場所に本殿がないんだ。突き当たりに西高辻家の屋敷があるから、外国人観光客が勘違いして入ろうとしているのを何度か見かけたことがあるぞ」

五条駅のホームのベンチに腰かけて電車を待ちながら、周りに人がいないのをいいことに構わず会話を続ける。

「そんなことを私に言われても困るんだが。私は造成に関与していないし、長い時間をかけて今のような形に落ち着いたんだ。参道の店も元は天満宮の社家《しやけ》が営んでいたんだが、これも私には与《あずか》り知らぬことさ」

「ほう。神として一切、全く口を出したことはないと？」

「……もちろん」

「なんで目を逸《そ》らす」

「逸らしていない。コンビニを眺めているだけだ」

「京都の北野天満宮。巫女《みこ》に託宣して建てさせたろう。その五年後には神官の子の枕元に立って催促したのも知っているぞ」

「いや、やっぱり京の都にも社があるといいなって。生まれ故郷なのだし、こっちは墓だし」

　特段悪いことをした訳ではないのだが、託宣のことまで後世に伝わっているのは少し恥ずかしい。もちろん、誓って無理に建てさせようとした訳ではない。本来なら話の通じる役人の枕元に立ちたかったのだが、幼い子どものような眼を持っていなければ神霊の言葉を聞くことはできないし、聞こえなければ託宣を与えられない。そのため、まだ六つにもならない幼児にも分かるように言葉を砕いて説明しなければならなかった。大変愛らしかったが。

「今は全国にありますものなあ。天満宮」

「ええ、ええ。ありがたいことに」

「崇敬《すうけい》が足りずに苦労する零細神とは違うって？」

「誰もそんなことは言っていない。人聞きの悪いことを言うのはよせ」

どこでどんな神の耳に入るか分からない。新参者が生意気な、と出雲で吊るし上げにされたら堪らない。高天原《たかまがはら》に住まう天津神《あまつかみ》のお歴々がいらしたら、小言を食らうかもしれぬ。

そうこうしているとホームへと電車が入ってきた。太宰府天満宮をモチーフにした意匠でラッピングされた車輌《しゃりょう》である。

「さぁ、参りましょうか。天神様」

「嫌味な言い方はよせ」

えびすは生い立ちのせいか、或いは生来のものか、意地悪を言うことがある。私は後者だと思っているが、葦の船で流された先で神として崇敬を集めたというのは、私の生前と重なる部分がある。私も謂《いわ》れなき罪で太宰府へと流されて、その地で神となった。妙に馬が合うのは、そのせいかもしれない。

平日だが、学生たちは既に春休みに入っているので、若い子が多い。

「そういえば、曲水《きょくすい》の宴《うたげ》はどうだった？」

「ああ。今年も盛況だったよ」

「また眺めていただけか？　飛び入り参加しちまえばいいのに」

「自治会のカラオケ大会じゃないんだ。格好からして違う」

平安時代の装束《しょうぞく》を身に纏い、水の流れる庭園で、その流れのふちに出席する歌人が座り、流れてくる盃が自分の前を通り過ぎるまでに詩歌を詠み、盃の酒を呑んで次へ流さねばならない。当然、詩歌の内容も吟味されるので歌人の技量が問われる。元は宮廷の儀式であった。

「本気になれば、あの格好になれるだろ？」

「そんな目立つ真似ができるか」

「ふふん、俺はいつでも釣竿が出せる」

四次元ポケットでも持っているのだろうか。

「まさかとは思うが、取り出せるものは釣竿だけじゃあるまいな？」

「釣竿だけだ」

「餌は？」

「現地調達だな」

便利なのか、不便なのかよく分からない。釣竿だけ手元にあってどうするのか。私は釣りを嗜《たしな》まないので使い所が不明だ。発作的に魚釣りをしなくてはならない場面など日常であるのだろうか。

電車が減速を始めた。何しろ一駅分の距離しかないのだ。インスタントラーメンにお湯を注いで完成するほどの時間しかかからない。西鉄太宰府駅のホームへ電車が静かに入って行き、やがて止まった。

「あたた、腰が痛い。ついでに眠い」

カフェインが足りない、と唸るように言う。

「呑み過ぎだ」

「憂さを晴らす酒ではないぞ。祝い酒だ」

「何を祝っていたんだ？」

「そうさな。昨夜は今年も春を迎えられることを祝って呑んだな」

改札を潜ると、思いの外、参拝客が多いようだ。駅前に大勢の制服姿の高校生たちが集まっている。

「見覚えのある子ばかりだ。正月に家族で参拝に来ていた子もいる」

彼らが楽しげに笑い合う様子を見ていると胸に込み上げてくるものがある。いったいどれほど勉学に励んできたのか。彼らはあの歳で自らの進路を選び、試験を乗り越え、その手に掴み取ったのだ。

「おいおい。もう泣き出す奴があるか。神らしく耐えなさいよ」

「両親が安産祈願にやってきていた頃から見守ってきた子もいるんだぞ。ああ、めでたい。頭を撫でて握手を交わして抱擁したいほどだ」

「気持ちは分かるが、向こうからすればお前さんは見知らぬ他人だ。そんなことをすればたちまち捕まるぞ」

とりあえず人気の多い参道を進むのはやめて、国博《こくはく》通りの方から迂回していくことにする。御礼参りにやってきた学生たちの様子を見に来た筈なのに、これでは本末転倒である。

「相変わらず、こっちの道には全然観光客がいないな」

「店もないから仕方がない。静かに天満宮へ行きたい時には私もこちらの道を使っている」

参道は普段から参拝客で賑わっているが、繁忙期になると平日の比ではない。大型連休はあまりの参拝客の人数に本殿へ到着するまでに疲れ果ててしまう。中には所用でやってきた他所の神々が混じっていたりして、いつまでも本殿で合流できずに参道で遭難することさえある。

「太宰府もやはり様変わりしたが、この辺りはまだ昔の面影が残っているな。こうして光明《こうみょう》禅寺《ぜんじ》を見るとホッとする。紅葉の時期に、ここの庭を眺めるのが秋の恒例だからな」

曲がり角にある光明禅寺を背に、まっすぐに本殿の方へ向かうと参道へ合流する。店の立ち並ぶエリアは抜けているので、人通りも幾分かは分散した。池にかかった赤橋を通るのが正式な順路ではあるが、祭神なのでその辺りはショートカットしてしまう。

「お、国立博物館でマヤ展やってるぞ。観ていこうぜ」

「勤めに来たんだ。後にしてくれ」

「南米か。マヤとか？　アステカ？　あちらさんは過激だからなー。こうスプラッタというか、血塗《まみ》れ劇場みたいな。南米まで流されなくてよかったわ」

太平洋を葦の船で渡るつもりか。いや、黒潮に乗れば可能なのだろうか。南米に着く前にハワイに漂着することになりそうだが。案外、そうなっていればハワイの神になっていたかもしれない。

九州国立博物館は太宰府天満宮の裏手の丘陵地帯、社領《しゃりょう》に建てられたのだが、その実現にはおよそ百年もの時間がかかっている。明治時代から九州にも国立博物館を建てるという計画はあったのだが、なかなか実現しなかったので私もやきもきしたものだ。歴史を中心とした博物館は全国的にも珍しく、太宰府天満宮や関係各所の熱意によって、ようやく念願叶って実現した。かくいう私も月に一度は特別展を観にいくことにしている。

手水台《ちょうずだい》で手口を清めてから、門を潜って本殿の中へ。

「自分の社にどれくらいの頻度で顔を出すんだ？」

「三日に一回くらいだろうか。季節にもよるから一概には言えないけど。ただ基本的には私の本体というか、魂は常に此処にいるからな」

肉体を持ったこちらの方は、アバターのようなものなのだろう。本体と繋がった媒体というか、化身というか。固定電話の子機のようなものだ。まぁ、だいたいそんな感じで合っている筈。

「それに自分の墓へ参りに来るというのは、正直かなり奇妙な感じがする」

「そうだよなあ。あの本殿の真下に墓があるんだものなあ。骨もあるんだろ？」

「この目で直接見たことはないけれど、発掘した時に遺骸が見つかったらしいからそうなんだろう」

見たいとは思わないが、なんというか何処かホッとした部分もあるのは確かだ。あるある、と言いながら別の場所であったならどうしようかと思うではないか。

境内の中はやはり受験を終えた学生のグループが多く、誰も彼もが嬉しそうに顔を綻《ほころ》ばせている。長い苦しみを超えて、新生活に夢と希望を抱いていた。柏手の音が響く度に、彼らの声が脳裏を過ぎっていく。感謝を伝える言葉に、私はただ頷くばかりだ。努力をしたのは彼ら自身であり、私は今を生きる彼らの背を遠くからそっと後押ししたに過ぎない。

「菅原。俺は少し宇迦之御魂《うかのみたま》様の様子を見てこようと思う。まさかまだ呑んでいることはないだろうが、万が一ということもある。迎え酒をしていても不思議じゃない御仁《ごじん》だからな」

「ああ。私も後から追いかけよう。もう暫く辺りを見ておきたい」

えびすと別れてから、私は本殿を出て菖蒲池《しょうぶいけ》の方へと向かうことにした。この場にいるのは、受験に合格した学生ばかりである。此処へ来ることのできなかった学生たちも大勢いるのだ。彼らも勉学に励み、青春を費やしながら未来を掴もうとして、しかし躓《つまず》いてしまった。

池の畔に悄然とした様子の少女がいた。高校生くらいだろう。あの顔には見覚えがある。元旦に家族で合格祈願にやってきていたひとりだ。志望校の大学は彼女の実力よりも少し高めだったが、懸命に勉学に励んでいる様子だった。しかし、どうやら結果は彼女の思い通りにはならなかったらしい。

今日はひとりで来ている様子で、周りには友人や家族の姿はない。本殿にも立ち寄った様子もなかった。

泣き腫らした目元、髪も櫛こそ通しているが、酷く憔悴していた。彼女のように受験に落ちて尚、参拝にやってくる学生が少なからずいる。彼女らは一様に本殿へ入るのを戸惑い、所在なさげに境内をうろつくのだ。

神は人の世の理《ことわり》に関わることは許されない。

つまり私にできることは何もないのだ。

しかし、あんな哀しげな顔をしている子を放っておけるようなら、私は初めから神になどなっていない。

「あの、そこの方。その池に飛び込んでも自殺はできませんよ」

自分でしておいてなんだが、三十代の男が女子高生に話しかけるというのは色んな意味で気が引ける。下手をすると通報されるし、さもなければ侮蔑の籠った視線を向けられる。しかし、それでも話しかけずにおれない。あのままでは一息に柵を乗り越えて、飛び込んでしまいそうな危うさを感じた。

彼女は私の方を一瞥するや、ふっ、と自嘲するように笑う。

「この池、入水自殺ができるほど深くないよ。それに亀も泳いでいるから衛生状態もよくないと思う」

思い詰めた表情で池の畔に立っていれば、誰だって心配するだろう。それに飛び込むことで、身体は傷つかなくとも、心の方に取り返しのつかない傷ができることもある。

「君は受験生ですか？」

「違うよ。ついさっき浪人生にジョブチェンジした」

へっ、と投げやりに笑っているが、目はまるで笑っていない。

「朝、お母さんが合格祝いにお寿司取るってはしゃいでたんだけど、とてもそんな気になれなくて。電話しなくちゃってぼんやりしてたら、いつの間にかこんなとこに来てたの。合格発表の後、そのまま御礼参りに行くって決めてたからだと思う」

「そうですか。話してくれてありがとう」

「私、そんなに酷い顔をしてた？」

「思い詰めていましたよ。どうしたらいいか分からないって顔をしていました」

自分の思い描いていた未来が唐突に、まるで拒絶されたように絶たれる辛さは私にもよく分かる。

「おじさん。カウンセラーか何かの人？」

「いや、そういうのじゃありませんね」

「仕事は何をしているの？」

そう問われると、答え難い。

「名刺とかないの？　あ、もしかして無職の人？」

「いや、名刺ならありますけど」

こういう時の為に怪しまれることのないように、きちんと法人の名刺を持っている。彼女に差し出した名刺には『非営利団体法人　八百万《やおよろず》　菅原道真』と大真面目に書かれている。

「…………」

こうして改めて見ると、何かの冗談のような名刺だが、高天原《たかまがはら》で大真面目に作られた正式なものである。持っておいてもなんのご利益もないが、焼いても濡らしても損なうことがないという不老不死の名刺だ。

「え、これもしかして本名？」

「ええ。本名ですとも」

「マジかー。太宰府で、この名前は悪目立ちするでしょー」

ケタケタと実に楽しそうに笑う。私の名刺で心の痛みが少しでも癒えるのなら、幾らでも笑えばいい。

「菅原さんって普段はどんな仕事してるの？」

「そうですね。困っている人の話を聞いたり、迷っている人の背中を押してあげたり。そういうサポートをするのが仕事でしょうか」

「カウンセラーじゃん」

「いや、カウンセラーではないんですが」

ここの祭神をやっていますよ、とは口が裂けても言えぬ。

「説明が難しいですね」

「それなら、せっかくだから少しだけ話を聞いて貰おうかな。こんな愚痴、知り合いには言いたくないし」

「私でよければ」

「うん。あのね、私ってここ二年くらい自分でも信じられないくらい頑張ったの。志望校に合格する為に遊ぶのも我慢して、彼氏にもフラれて、お正月だってお婆ちゃんの家にも帰省しなかった。塾で年越し講習受けてさ。ハチマキ巻いて塾のみんなと頑張ったの。人生でこんなに頑張ったことはないってくらいに頑張った。絶対合格するって思ってた。でも、ダメだった」

言葉の後半は、嗚咽で声が震えていた。

「私の番号、なかった。何度も探したの。何度も何度も。でも、見つけられなくて。周りで泣いて喜んでいる人たちから逃げるみたいに大学を飛び出して。友だちにも会いたくなくて。このあとはどうするんだったのか考えていたら、太宰府天満宮に御礼参りに行くんだって。でも、よくよく考えたら落ちたんだからそんな必要ないんだよね」

馬鹿みたい、と彼女は笑いながら涙を溢した。頰を伝ってこぼれた涙が、顎の先から池の水面へ落ちる。

「こんなことなら、頑張らなきゃ良かった」

堰《せ》き止めていた彼女の心が、決壊したように溢れた。

「だってこんなに辛いなんて知らなかった。一生懸命やったのに報われないことがあるだなんて知りたくなかった」

唇を噛んで嗚咽する彼女に、私は何も言わずにただ頷くことしかできない。

きっと彼女のこれまでの人生において、最も大きな壁だったのだろう。だが、誰しも生きていれば必ず壁にぶつかるものだ。目指す場所が高みにあるほど、その壁は何度も現れる。

「結果がダメなら、努力なんてなんの意味もないわ」

彼女の気持ちが分かるなどという慰めの言葉を、私は決して口にできない。生前、私には叶えられない望みなどなかった。少なくとも学問の分野に於いては、勉学を苦だと感じたことはない。だからこそ、私は勉学の神に据《す》えられたのだろう。

「この世に意味のないことなどありませんよ」

「不合格になったことに意味なんかない」

「貴女の努力した時間は間違いなく貴女を育んでいますよ。勉強というのは植物に水をやるのに似ているんです」

「植物?」

「ええ。何か植物を育てたことはありますか?」

「昔、アサガオなら育てたことがあるけど」

きっと小学校の課題だろう。あれは実に有意義な授業だ。買えば数百円で済む花を育てる為に、本来必要なものを子どもに体験させることは素晴らしいことだ。

「では、アサガオを咲かせる為には何が必要ですか」

「そりゃあ、水よね。あとは日差し」

「そうですね。でも、もっと大切な要素があります。これがなければ決して花は咲きません」

「なんだろう。栄養剤とか？」

「もっと根本的なものです」

彼女は眉間に皺を寄せて、首を傾げながら必死に考え始めた。

「ダメ。分からない」

降参、と両手を挙げた彼女に私は微笑んだ。

「それは時間です。時間をかけてやらなければ花は咲きません。水をやっても、日差しに当てても、花開くまで根気強く待つしかありません。どんなに人が焦っても、栄養剤をやっても花が咲くには時間がかかるんです」

「……焦るなってこと？」

「人も同じですよ。貴女という蕾《つぼみ》に与えられた栄養はきちんと身についています。ただ花開くのにはもう少し時間がかかるというだけです。どんな花かは、咲いてみなければ分かりません。でも、過度に恐れることはないんです。花は咲くべき時に、きちんと花開くようになっているのですから」

「私も、いつか花が咲くかな」

「ええ。水をやり、しっかりと太陽を浴びて、来るべき時を迎えれば必ず。貴女には未来がある。何も悲観することなどないのですよ」

「そっか、花か。ふふ、星の王子様みたい」

彼女は落ち着いた様子で微笑むと、柵から手を離した。俯いていた顔をあげて、まっすぐに私の方を向く。

「菅原さんって腕のいいカウンセラーなんだね。なんだか凄くスッキリした。ありがとう」

「それはよかった」

「本殿へお参りしてから、今日はもう帰る。お母さんたちも心配してると思うから。暫くは休もうかな。焦っても仕方ないし」

悪戯っぽく笑うと、彼女は軽やかにステップを踏んで駆け出した。そうして本殿の方へと振り返ることなく向かっていく。

その背中を見送りながら、私は眩しさに目を細めた。

桜が咲かずとも、季節は巡る。
四季折々の花が咲き誇り、この国を彩ってゆく。
皆が桜の花である必要など、どこにもありはしない。
他者とそれを競う必要もない。
それぞれが、己の春を見つけることができたならいい。

主人がおらずとも、咲くことを忘れなかった飛梅《とびうめ》のように。

春の章　二　桜花慈酒

九州は福岡県、太宰府市。

春の花見は、我が国の誇る伝統行事である。

美しい桜を眺めながら一献、情緒の籠もった詩歌を詠めたなら、他にはもう何もいうことはない。

生前、私が平安の世に貴族であった頃にも、春ともなれば麗《うら》らかな陽気に誘われて、平時の仕事は忘れて、桜を肴に酒精に酔い、存分に詩歌を楽しんだものだ。この太宰府の地に左遷された後も、子どもらと共に桜の花を眺めている時だけは心が慰められた。

しかし、死してのち、神として祀られるようになった後も、こうして花見ができるとは思いもしなかった。

人生、何が我が身に起こるかは天のみぞ知るというものだ。

そして、まさか神の身でありながら、花見の場所取りをさせられることになるとは、本当に予想すらしなかった。

理由は単純明快。

家が近く、私が年若い神であるからという。

ごろりとブルーシートに寝転がり、春の空を泳ぐ雲を眺めた。

世は太平、春はめでたい季節である。


ご存じの方も多いかと思うが、八百万《やおよろず》の神々というのは総じて宴好きである。酒も騒ぎも大好きで、自分の社のお祭りには必ず参加する。しかし、もちろん山車《だし》の上で鎮座する訳にもいかない。そんなことをすれば頭のおかしい人間扱いされて通報されるのが関の山だし、山車の上に登る祭りも昨今は少なくなった。かと言いって氏子側で参加するのは気恥ずかしい。

祭りは一般参加、遠巻きから眺めるくらいが丁度《ちょうど》いい。宮参りに来た赤ん坊が、成長して神輿《みこし》を担いでいる姿など涙なくしては見ることができない。親子三世代どころか、その十倍以上の年月を見守ってきたのだ。思い入れが半端ではない。

さて、神々は春夏秋冬、何かと理由をつけて集まりたがる。しかし、花見は別格だ。他の何を差し置いても桜を愛でなければ始まらない。

福岡県中の神々が一堂に会し、花見を行うのである。もちろん天気は晴天。その日だけは決して風雨のない絶好の花見日和となる。万が一にも雨など降ろうものなら神の面目丸潰れである。その為、花見の前日には福岡の各地で天に向かって一心に祈る不審者が目撃されるが、それは仕事中の神様なのでそっとしておいて欲しい。

花見の場所は、ここ半世紀は太宰府政庁跡《せいちょうあと》と決まっている。かつて勤めることが終《つい》ぞできなかった職場の跡地で、こうして花見をするのも複雑な気分だが、此処は間違いなく福岡でも有数の桜の名所といえよう。広大な敷地には芝生が青々と茂り、小さな子どもを連れた家族連れから仲睦まじい老夫婦まで、誰もが思い思いに過ごすことができる。

しかし、今現在、朝靄《あさもや》の煙る早朝にビニールシートを広げて、その中央にポツンと座り、膝かけと缶コーヒーで暖を取る私の他に人影はない。時計に目をやると、時刻は間もなく朝六時。花見の場所取りは早い者勝ちの真剣勝負が不文律。後から来た者が割り込もうものなら血を見ても仕方がないことだ。この暗黙の掟は、平安の時代から変わってはいないが、幾らなんでも早過ぎた。

先にも触れたが、私が栄誉ある神々の花見の場所取りを命じられたのは、単純に家が近いからというだけではない。私が福岡に住まう神々の中では新参者であることが最大の理由だろう。古今東西、花見の場所取りは新参者の仕事である。おまけに幹事まで兼任させられるので、たまったものではない。

無論、生前の職業柄、そうした雑多な手続きを片付けるのは苦ではないものの、受験シーズンでくたびれ果てた身には辛い。横になってしまうのもよいが、春とはいえ朝はそれなりに冷える。このまま横になってご臨終は避けたいところだ。

日が射してくると、仄かに暖かくなってくる。青々と萌える草木が美しい。郷里の山野を思い出すのは、どこか匂いが似ているからかもしれない。

ポカポカとした陽気に誘われて、どこからともなく人が集まり出す。いかにもご近所のご年配といった風で散歩している女性は、よくよく見るとうちの神社の氏子である。よちよちと参道を歩いていたあの幼子がいつの間にか、あのような歳となったのか。年月が過ぎるのは速いというが、年々加速しているのではあるまいか。

「やぁ、いい天気だなあ」

欠伸《あくび》を噛み殺しながら、ゴロンと横になる。これだけ暖かくなってくれれば構わないだろう。どうせ、まだ誰も来ないだろうし、少しばかり休憩してもバチは当たるまい。

「ああ、それにしてもこうも時間が空くと落ち着かない」

ゆっくりと流れていく雲を眺めていると、不意に影が差した。視線をあげると、純白のレースのパンツをはいた御御足《おみあし》がスカートの中に見えた。

「私のパンツを覗き込むなんていい度胸よね。菅原くん」

にっこりと微笑む美女、もとい神功皇后様《じんぐうこうごう》のご尊顔がこちらを見下ろしていた。

慌てて立ち上がると、いかにも春の女子大生のような格好をしていらっしゃる。

「わ、わざとじゃないんです！」

「知ってるわよ。見せパンだからいいの」

見せても良いパンツとはいかなるものか。仮に余人に見せても良いパンツであっても、人によっては感涙に咽《むせ》ぶだろうが、生憎私は女性の下着を見て喜ぶような趣味は持ち合わせていなかった。

「何よ。まだ誰も来てないじゃない。集合時間は何時だっけ？」

「九時です。まだ、かなりありますよ」

「いいわよ。遅れてくるよりマシだわ。あなたも大変ね。毎年毎年」

皇后様はそう言ってシートの上に座り、疲れた疲れたと足を伸ばした。

「駅から歩いてきたんだけど、かなり距離あるわね。毎年のことだけど、なんでか歩いてきちゃうのよね。太宰府って雰囲気が長閑《のどか》で、あちこちに神気があるでしょう。居心地が良くて好きよ。高いビルがないのもポイント高いわ」

「アイランドシティの高層マンションにお住まいじゃありませんか」

あんな一等地に住んでいて田舎が好きというのは、いかにも雲上人《うんじょうびと》である。

「景観がいいのが好きなの。視界が開けていないと息苦しくて。太宰府はそういう所じゃないでしょう？　それにお花見するのにビルなんかが視界にあったら興醒めじゃない」

私が築五十年の四畳半で寝起きしていることを知りながら、平気でこういうことを言うのが実に神様らしい。神功皇后様は私よりも六百年ほど前の時代を生きた仲哀天皇《ちゅうあいてんのう》の御后《おきさき》様だ。半ば伝説的な人物である。一言でいえば、妊娠中に戦の指揮を執ったという最強の妊婦であった。

「やぁやぁ。二人とも早いですなあ」

買い物袋を両手にやってきたのは薬の神である少彦名命《すくなひこなのみこと》様だ。見た目の年齢は高校生くらいで、背丈が低い。一見少年のようにも見えるが、大国主命《おおくにぬしのみこと》様と二柱《ふたはしら》で国造りをしたという大変偉大な御柱《おんばしら》である。本来のお姿はもっと小さく、鶫《つぐみ》の背に跨《また》がれるほどだという。

「ご無沙汰しております。少彦名命様」

「硬いよ、菅原くん。おまけに長い」

ぽんぽん、と肩を叩きながら、こっそりと声を潜める。

「あのね僕、実は最近ちょっと就職してね」

「は？　就職、ですか」

「そう。何世紀ぶりかに熱中できることを見つけたんだよ。いや、薬剤師も悪くないんだけどね、いい加減もう飽きたよ。もう暫くは医療関係はやらない。はい、名刺」

手渡された名刺には株式会社アウトドアーズ　営業『砂川彦介《すなかわひこすけ》』とあった。砂川彦介というのは住民票に記載されている人間としての名前である。問題は、勤務先の方だ。

「どうやらアウトドア関係の会社のようですが」

「そう！　最近ね、キャンプが熱いんだよ！　都会で疲れた身体を癒す為に、喧騒を離れた大自然の中で自分だけの時間を過ごす。焚き火を眺めながらブランデーを傾けてごらんよ。普段の疲れなんて吹き飛ぶよ。キャンプは浪漫さ。菅原君たちもどうだい？」

「そ、そうですね。いつかぜひ」

「少彦名命《すくなひこなのみこと》様、常世《とこよ》の国には戻らなくとも宜しいんですの？」

「悪いところじゃないんだけどね。とにかく変化がなくてつまらないんだよ。こちらへ戻ってきて百年余り。やっぱり人の世は面白いね。あちらに未だ渡ろうとしない神々が多いのも理解できるってものさ」

常世の国というのは、死後の世界とは少し違う。黄泉《よみ》の国と、こちらの間にある場所。あるいは神々が住まう黄昏の土地だという。神去《かみさ》る場所と聞くが、稀に人の子が迷い込むこともあると聞く。

「退屈なものですか」

「暇で死にそうになるね。まぁ、時間の流れ方も違うからなあ。でも、僕はこうして君たちと花見をする方が好きだな。世知辛い世の中だと思うけど、やはり楽しいからね。僕はこの国にアウトドアをもっと広めて、ゆくゆくはアウトドアの神も兼任するつもりさ！　御供物《おくもつ》にはキャンプギアが欲しいね」

少彦名命様はそう言って、ビニール袋から缶ビールを三本取り出した。

「先に始めてしまおうじゃないか。何、他の神々もすぐに来るさ。それに、僕に文句を言える神なんてそういないからね。さぁ、呑もう呑もう」

⁂

神在月《かみありづき》の出雲に八百万の神々が一堂に揃う日でさえ、こうも早く集まることはない。しかし、宴となれば話は違う。一刻も早く始めて、一刻でも遅くまで呑み食いするのが神々というものだ。

「えー、ですから昨今の世情を鑑みましても、我が国の」

乾杯の挨拶をしろというから、恥を忍んで居並ぶ神々の前に立って話をしているのに、誰ひとり私の方など向いてやしない。早くも酒杯を交わしながら、愉快そうに地元で生まれた氏子の話などをしている。最近の奇抜な名付けについて有りや無しやと論争が巻き起こっていた。

「もういいわよ。菅原くん。座っても誰も気づかないわ」

そんなことはあるまい、と試しに座ってみたが、誰も私が腰を下ろしたことなど気づきもしない。

「はい、じゃあ、改めて乾杯！」

かんぱーいと皇后様たちと杯を交わす。

ビールを呑みながら、周囲に目をやると太宰府政庁跡の敷地を囲うように植えられた桜の木々が、今や満開と美しい花を咲かせている。春の息吹に我先にと様々な草花が花を咲かせる様子は、いかにも春らしくて心が和む。こうも美しい光景を肴に酒を呑むなど、なんて贅沢なのだろうか。平日の昼間だというのが殊更に心地が良い。

しかし、こうして改めて見ると、ここにいる花見客の半数は神々である。あの酔っ払って隣の宴会に飛び入り参加しているのは文鎮の神だし、子どもたちに混じって、芝生の上でサッカーボールを追いかけて派手に転倒している若い女性は蚕の神だ。

「良い世の中になりましたね」

にっこりと微笑みながら、そう漏らしたのは竈門《かまど》神社の御祭神である玉依姫《たまよりひめ》様だ。ふんわりほわほわとした、可愛らしい女性である。恋愛成就の神として名高く、氏子も多い。最近、鬼退治のアニメがきっかけとなって全国的にも知名度があがり、参拝者が爆発的に増えたという。

「まぁ、人の子らは色々と大変ではあるようですが」

「生きていくのは大変なことです。しかし、子らが戦禍に巻かれることなく、ああして無邪気に走り回る様子は見ていて涙が出るほど嬉しいのです。親が我が子を捨てずとも良く、冬がやってくる度に飢えて滅びる村のない御代《みよ》。ここまで来るのにどれほどの営みがあったか」

くぴくぴと杯を傾けながら、玉依姫様は微笑む。

「確かに仰るとおりですね。人が相争うのはもう懲り懲りです。皇后様もそう思われませんか？」

「私？　そうですね。私みたいに身重の身でありながら戦の先陣に立たなきゃならなかった女からすれば、もう平和ってだけで万々歳。アイドルのライブの翌日に九州にとんぼ返りして、こうしてのんびり花見ができるってんだから言うことないわ」

「まぁ！　アイドル！　わたくし、アイドルのライブというものが未経験でして。一度、間近で眺めてみたかったのです！」

「素晴らしいですよ。眺めているだけで若返ります」

「若い子らが歌い踊る様子は、なんとも言えぬ尊さがございますね。崇敬が集まるのも分かります」

そうそう！　と女神たちがアイドルの素晴らしさを語り合い始めたので、私は早々に席を立った。そのまま無言で周囲に身の置き所《どころ》を探したが、いかんせん誰も彼もすっかりでき上がっていて、どうにも間に入り辛い。さらに言えば、コミュニケーション能力の高い神々が、人間たちの宴会にも顔を出したり、引っ張り込んだりしているので、最早どこからどこまでが自分たちの集まりなのか判断がつかなくなってしまった。

元が文官気質なので、武官気質というか体育会系の神を前にすると緊張してしまう。以前、熊本の加藤《かとう》神社で加藤清正《かとうきよまさ》様にお会いした時には、迸《ほとばし》る覇気に目眩を感じたほどだ。戦功を残して神として祀られる戦国武将の方々とは、どうしても馬が合わない。とりわけ清正様は未だに人の子らに混じって、武将の格好をして槍を振り回して観光に寄与していらっしゃる。色黒で短く髪を当世風《とうせいふう》に刈り上げており、ワイルドで知られる某男性アイドルグループに混じっていても遜色ない容姿の持ち主である。きっと毎晩、ナイトプールで美女を侍らせ、フットサルに興じているに違いなかった。

その点、私は生前から誰とでも付き合えるタイプの人間ではなかった。詩歌の才で出世したといってもいい。部下に恵まれていたのだ。本当に親しかった友人の数など片手があれば足りるだろう。ほとんどの知己が太宰府への左遷が決まった時点で離れていった。しかし、数少ない友人たちは遠く太宰府まで赴き、人をよこして支援をしてくれた。それがなければ幼い子ども二人を、食べさせていくことすらできなかっただろう。人の善意に縋《すが》るような生き方は申し訳ないばかりだったが、友と天に恩を感じたものだ。

私はしばらくウロウロと所在なさげに歩き回っていたが、なんだか酷く虚しくなって近場の桜の下に腰を下ろした。ビールを呑み、咲き誇る桜を眺めると、なんだかもう別にここでも良いような気がする。遠くで宗像三女神《むなかたさんじょしん》様が両手を振って呼んでいるような気もするが、気のせいということにしておこう。あの方たちの酒の呑み方は凄まじく、まさしく鯨飲《げいいん》ともいうべき有様で、付き合わされる神は間違いなく今夜ここに屍を晒すことになるだろう。あの素戔嗚尊《すさのおのみこと》様より生まれたというのだから、やはり伊達ではない。ご挨拶には、日が暮れてからとしよう。さもなくば身が保たない。

しかし、死後にこうして神になってみれば若輩も若輩であった。私よりも後輩の神々と言えば、先の戦国武将の方々のような軍神か、或いは珈琲豆の神や、電化製品の神など少しハイカラな神となる。そして、そうした若い神々はこういう集まりにやって来られるほどの時間がない。土・日・祝日は忙しく、平日も夜遅くまで神徳を与えているので、季節の集まりには出席できないのだ。

ぼんやり舞い散る桜を眺めていると、不意に幼い姉弟が桜の木の下で歌い始めた。親や祖父母の前で恥ずかしがりながらも、一生懸命に思いを込めて歌っている。あどけない歌声が春の空に響いて、心がじわりと痺れたように切なさを感じた。幼い手を繋いで、楽しげに歌う姿に、思わず目頭が熱くなる。

「ああ、いけない。歳のせいか、どうにも涙腺が弱くなって」

洟《はな》を啜《すす》って酒を口に運ぶ。

しかし、なんとなく口寂しい。酒の肴が欲しいところだ。何かツマミはないものか。

「あの、宜しければこれいかがですか？」

声をかけてきてくれたのはスーツ姿の青年で、コンビニ袋を持って木の根の上に腰を下ろしている。差し出してくれたのは焼き鳥だった。

「これはこれは。良いのですか？」

「ええ。どうぞ。ちょっと加減を間違えまして。ハハ、ひとりでこんなに食べられないんです」

焼き鳥を齧ると、温め直したばかりのしょっぱい豚バラ肉がビールに合う。

「その格好。もしかしてお仕事の途中ですか？」

「はい。サボりです。たまたま立ち寄ったら、すごく綺麗で。思わずそこのコンビニでノンアルコールビールとツマミを買って。仕事ほっぽり出して桜眺めてました」

あははは、と力なく笑う青年は酷く衰弱しているように見えた。頬はこけ、目の下には濃いクマがある。これはもはや死相に近い。今のままの生活をしていれば、身体を壊してしまうだろう。

最近の若者は真面目で良い子ばかりだ。しかし、その誠実さに見合うだけの勤め先がどれほどあるだろうか。少なくとも彼の勤める会社はそうではないらしい。

「お仕事、大変そうですね」

「まぁ、はい。営業職なので、きついですね。数字に追われて死にそうですよ」

いや、笑い事ではない。このままでは本当に死んでしまう。

生前にも人の扱い方が分からず、無理をさせて死なせる者はいた。そういう者は厳しく上から罰せられていたが、現代はそういう仕組みが行き届いていないように思える。勉学に励み、苦労して勝ち取った未来なのに、それをなんとも思わず使い捨てにしようとする不届者がなんと多いことか。

「実は幼い頃、この辺りに住んでいたんです。太宰府天満宮にもよく遊びに行っていました。ほら、本殿の奥に小高い山があるじゃないですか。あそこが遊び場で。勝手に秘密基地を作ったりして。懐かしいなあ。あの頃は本当に楽しかった」

そういえば、大きくなって人相が多少変わっているが、この顔にはどことなく見覚えがあった。確かうちにも宮参りに来たことがある筈だ。老いた祖母に手を引かれて、朝早くから参拝に来ていたのをよく覚えている。

立派になったものだ。

「お兄さん。ちょっとここで待っていて貰えませんか？」

「え？」

「焼き鳥の御礼がしたいのです。大丈夫、すぐ戻りますから」

「いや、御礼なんてそんな」

私は彼にそこから動かないで待っていて欲しいと念を押して、小走りで神々の元へと駆け戻った。

「宇迦之御魂《うかのみたま》様はどちらにいらっしゃいますか！」

あちこちで声をかけると、東の方で美女二人を侍らせて天津甘栗を食べているというけしからん話を聞いた。慌ててそちらへ駆けていくと、あぐらをかいた厳《いか》つい顔の老人が眼光鋭く私を捕らえた。左右にいらっしゃる美女は宇迦之御魂様の神使《しんし》で、天狐《てんこ》だという。

「菅原。挨拶周りに来るには、ちと早いのう。一体何用か」

「宇迦之御魂様におかれましては、」

「ええい。前口上などいらん。芝生の上で跪《ひざまず》くでない。周りから何事かと思われるわ。全く相も変わらず生真面目な奴じゃ」

「すいません。つい」

「して何用か。息を切らしおって」

「実は、会って頂きたい人間がおります」

「誰じゃ。このわしを人間風情が呼びつけるとはけしからん」

「恐らく、会って頂ければお分かりになるかと」

ぬ、と眉間に深い皺を寄せていたが、やがて億劫そうに立ち上がった。

「菅原。神酒と酒器を持て。早う案内せいよ」

「はい！」

しかし、早う案内せいと言った割にはご高齢の為に宇迦之御魂様の歩く速度は蝸牛《かたつむり》のように遅いので、途中から私が半ば無理やり背負っていくことになった。年寄扱いするな、と何度も扇子で頭を叩かれたが、このままでは日が暮れてしまう。

先ほどの場所に戻ると、律儀に彼は私のことを待っていてくれた。しかし、まさか厳つい顔の老人を背負って戻ってくるとは想像していなかったのだろう。まるでマルチ商法に引っかかったかのような顔をしている。

「なんじゃい、おぬしか。図体ばかり大きゅうなったのう」

彼を一目見るなり、宇迦之御魂《うかのみたま》様は眉間の皺を消して私の背中から飛び降りた。

「えっと、僕のことをご存じなんですか？　失礼ですけど、どこかでお会いしましたっけ？」

「うむ。よう覚えておる。なけなしの小遣いで賽銭もくれたろう。まぁ、おぬしがわしのことを覚えておらずとも無理はない。まだ小さかったからのう。なんじゃ、わしの氏子ではないか。菅原、おぬしも早う言わぬか」

「申し訳ありません。確証がなかったもので」

ボケてて忘れているんじゃあるまいか、と疑ったとは口が裂けても言えない。

宇迦之御魂様は我が太宰府天満宮の社領の一角にある、開闢稲荷社《かいびゃくいなりしゃ》の御祭神にして、京都伏見稲荷の御分霊《ごぶんれい》であらせられる。その神格は私などとは比べものにならぬ、稲穂の化身、食物の神という極めて重要な役割を担っていらっしゃる。

「あの、話がよく見えないんですけど」

「気にするでない。幼い頃のおぬしをよく知った爺よ。ん？　なんじゃ、お主。えらく死相が出ておるな。働き過ぎじゃろう。ろくに寝ておるまい」

「ええ、まぁ」

「よし。仕事を変えよ。わしが見繕ってやろう」

「へ？」

「今の会社は遅かれ早かれ潰れるわい。何も泥舟に付き合って、水底へ沈む義理もあるまい」

「し、しかし、その、いきなり」

彼の戸惑いは尤もだが、宇迦之御魂様も神としてかなりギリギリなところを攻めている。『人の営みには手を出してはならない』というのが神の不文律である。就職先の斡旋は、かなりグレーゾーンだ。

「そうさな。地場の食品メーカーがよかろう。なぁ、菅原。最近、景気が良いのはどこじゃ。奉納で散々見とるじゃろう。器のない男が仕切る会社はいかんぞ。小物は己の責を部下になすりつけ、すぐ人を使い捨てるからな」

「そうですね。あそこはどうでしょうか。ほら、毎年うちとそちらと律儀に参りに来るでしょう」

「おうおう。あやつがおったわ。よし、電話を貸せ」

手渡した古い携帯電話のキーも叩かずに、勝手に通話が始まる。

「うむ。息災であるか？　そうか。よしよし。実は、ちとおぬしに頼み事があってな。わしの氏子をひとり、そちらで雇ってくれんか？　心根はわしが保証しよう。無論、会うてみて、これは使えぬと思えば採用せずともよい」
二、三言何事かを話したあと、電話を切って、携帯電話を投げてよこしなさる。
「縁は結んでやった。あとは己で掴み取れい」

「見事な手腕、お見それ致しました」

私が褒めると、ふん、と鼻息荒く酒器を手に取った。

「この程度、造作もない。ほれ、呑まぬか」

「え、いや、あの、僕、その」

戸惑うのも無理はない。突然、現れた老人が次の仕事先を僅か数分で見つけてしまったのだ。何が何やら分からないだろう。そして、かの神はそれを逐一説明するような方ではない。

「あやつに会うたら目蓋を開け。ようく相手を見定めよ。他人に人生を預けてはならんぞ。自らの足で立ち、歩むべき方へ進むのだ。堕落せず、気真面目におぬしはようやっておる。他の誰が見ておらずとも、このわしが見ておるぞ」

そう言われると、彼は抱えていたものが決壊したのか、ポロポロと泣き出してしまった。

「呑め。ほうら」

酒器に注がれる酒は萌葱《もえぎ》色をしていて、うっすらと輝いている。

「こつ、これは人の子に呑ませたらマズいのではありませんか」

「やかましい。わしが手ずから下賜《かし》しておる。横から口を挟むでないわ」

喝ッ、と怒鳴られては最早、何も言えない。神様しか呑むことを許されない、酒造の神が醸した特別な神酒を人に呑ませるのはもちろん禁止されているのだが、これ以上口を挟むと私が怒りを買ってしまう。

私は神としての責務と、怒りを買ってから被るであろう実害を秤にかけて、沈黙を決めた。古い神に若い神は口答えできない。神ハラスメント、神ハラである。

「無礼講である。さ、呑め」

「ありがとうございます。いただきます」

クイッ、と仰ぐように酒杯を傾ける。一口で夢見心地、全身の邪気は祓われ、病魔は去り、活力が湧いてくるだろう。みるみる顔色に血の気が戻り、目に生気が湧いていく。

「よしよし。もっといけ。ガンガンいけ」

二口呑めば前後の感覚もなくなり、浮世の憂さも消え果てよう。

「あの、それ以上は」

「おぬしは黙っておれ。わしの氏子ぞ」

三口飲めば浮き足だった体が地面を離れる。ふわり、と爪先が空を向いた。

「ああ、まずい！」

私は慌てて彼の足にしがみつき、そのまま飛んでいこうとする彼を止めようと必死になった。しかし、身も心も軽くなった彼を地上に留めて置くことができない。私は天神であるが、空を飛べない。服の裾を掴み損ね、彼の身体が春の風に舞い上がる。

「すごーい。お兄ちゃんがとんでるー」

いつの間にかやってきたちびっ子たちがキャイキャイと楽しげに笑う姿を横目に、宇迦之《うかの》御魂《みたま》様は上機嫌に酒器に口をつけている。

「毎朝、日が昇る度に今生まれたのだと思って生きてみよ。眠る前に、今日の自分は死んだのだと思え。無為に日々を浪費してはならん。わしの氏子は総じて幸せであらねばならぬ」

青年は春の空に浮かぶ雲のように、ぷかぷかと浮かんで近くの桜の木に引っかかっていたが、とても幸せそうであった。

「少し春空でも散歩して参れ。来年は必ず天津甘栗を持参せい。良いな？」

逆さまに浮かぶ彼は嬉しそうに何度も頷いていた。供物の話をしている場合ではない。ああ見えて、相当に酔っていらっしゃる。

小さな風が吹くと、青年は枝からふわりと離れ、糸の切れた凧のように飛んでいった。

最早こうなると手の出しようがない。他の花見中の神々も空を飛んでいく青年を眺め、「見事見事！」と囃し立てるのだから始末に負えない。隣の老夫婦が空を眺めながら「どろーんじゃ。どろーん」と指さしていた。

「部長、一身上の都合により、辞めさせて頂きまぁす！」

遥か空の彼方から声が響き渡り、やがて宝満山《ほうまんざん》の向こうへと消えて見えなくなった。

空を飛んでいくサラリーマンへ、子どもたちが無邪気に最後まで手を振っていたのが、妙に印象的だった。

⁘

数時間後、英彦山《ひこさん》を住処にする大天狗の豊前坊《ぶぜんぼう》が杉の木に引っかかったまま眠っている彼を見つけ、愛車のランボルギーニで連れてきてくれた。春風に吹かれ吹かれて、遠く筑豊まで飛んでいっていたとは驚きである。

肝心の宇迦之御魂様はとうの昔に帰宅してしまった。なんでも整骨院の時間だとかなんとか。尤《もっと》も、他の神々は深夜まで呑み続けるので、再度合流するつもりなのかもしれないが。

「いやあ、すいませんね。菅原様」

そう頭を下げたのは宇迦之御魂様の神使で、普段は狛狐《こまぎつね》をしている仙狐《せんこ》である。今は作務《さむ》衣《え》姿にオレンジの髪というチグハグな姿をしているが、彼がいうにはこれが現代に合わせたオシャレなのだと言う。

「一時はどうなることかと思いましたよ」

「無茶苦茶しますからねー。まぁ、でも悪いようにはなさいませんよ。ああ見えて氏子想いですからね。彼のように誠実に生きている子は殊更大切になさいます」

確かに眠っている青年の顔は晴れやかで、死相も綺麗になくなっている。縁が繋がり、新しい職場で働いても辛いことはあるだろう。しかし、間違った場所で懸命に働いていては、どれほど待っても花は咲かず、実はつかない。水と土とを整えてやらねば、本来なら咲ける花とて枯れて萎んでしまうというものだ。

「この子は僕が責任を以ってきちんと介抱しますよ。地元はこちらですし、うまくいけば近くに越してきて、いつかは氏子総代になってくれるかもしれませんからね。なかなかの逸材ですよ、この子」

「お手柔らかにお願いします。しかし、これだけ酔っていたら今日のことなど何も覚えてやしないでしょうね」

「そうですね。でも、縁は結ばれていますから。この子が前に進みさえすれば、きっと良いようになるでしょう。そうでないと守護する僕たちも甲斐がない」

優しく背負いあげると、彼はにっこりと微笑み、ドロン、と煙と共に姿を消した。
日が傾き、夕暮れの空に桜の花弁が舞い散る。
提灯《ちょうちん》に火が灯る。
神々がこちらへ手を振っている。

こうして我等の花見は夜更けまで続く。
平和な御代が続くことを祈って。
苛酷な日々を越えられるよう、加護を与え。
健やかであれと、その背を見守り続ける。
神々は、人を愛しているのだ。

夏の章　一　暑気宝来

令和の夏は、平安時代とは比べものにならないほど暑い。

断言してもいい。これは思い出補正でもなければ、懐古趣味によるものでもない。アパートから徒歩十分、図書館へ行って調べれば、すぐに明確なデータは出るのだろうが、そんな気が滅入ることをわざわざ調べようとは思わない。ともかく令和の夏は灼熱である。地獄である。昼間の日射しは文字通りに肌を焦がし、私の色白い肌を黒く焼こうとする。

そして、太宰府の夏は、殊更に暑かった。

盆地である為に夏は熱気が、冬は冷気が留まりやすい。踏んだり蹴ったりである。こういうところばかり京の都に似ていても仕方がない。納涼床ができるような大きな河川はないし、五山の送り火もない。まぁ、五山の送り火などはつい最近に始まった行事ではあるが。

昼間は外出しない。夜明けのまだ涼しい時間帯にそそくさと榎社へ行き、日が本格的に照るまでに帰宅する。エアコンは朝から晩までフル稼働だ。「フロンガスが～」「二酸化炭素が～」という声もあるだろうが、命には替えられない。電気代の額に頭を悩ませている方がまだ良い。

意地でもエアコンを使うまいと固く心に誓って夏を乗り越えようとした神が、いざ朝起きてみたら、そこは黄泉《よみ》の国であった、などという話は枚挙にいとまがない。八百万《やおよろず》の神々は基本的に年配の方が多いので機械に疎く、エアコンを使わずに就寝し、熱中症で神去りしてしまう方が少なくない。

女神様は比較的そうした新しいものへの対応が素早いが、お齢を召した男神はそうはいかない。エアコンの風は好かない、と毛嫌いするので具合を悪くする。それでも神去りしたくはないので、文明の利器に頼る他はないのだ。

もはやエアコンは生命線である。これがなくば神々とて生きてはいけない。

そんな折、我が家のエアコンが臨終した。

昨年から少し具合が悪いかな、と思っていたのだが、もう三十年も共に生活してきたのでまだきっと大丈夫だと過信して無理をさせてしまった。最後にゲホゲホゲーッホゲホッ、と激しく咳きこんで、そのままうんともすんとも言わなくなってしまった。

私は慌てて蘇生を試みたが、何度試してみても再起動しない。一か八かと我が神力を込めた雷撃を僅かに与えてみたが、これが最後の一撃となったのか、あちこちから白煙を吐いて今度こそ臨終した。

念のため保証書を探してみたが、やはり保証は二十九年前に終わっていた。夏は始まったばかりである。とてもエアコンなしに生活していけるとは思えなかった。

「はてさて、どうしたものかな」

かく言う私も平安の生まれである。家電製品について、どの程度詳しいのかと問われると自信がない。こう見えて雷を司る雷神でもあるので、電気には詳しいのだが、それをどうすればあんな温風や冷風が出せるのか、皆目見当がつかなかった。所謂《いわゆる》、文系の人間には手も足も出ない領域である。

「やはり専門家にお願いするのが一番でしょう」

独り言《ご》ちて、とある神に電話をかける。事情を説明すると、すぐに快諾してくれたばかりか、今すぐに会えるという。

「宜しいのですか。ええ、はい。助かります。いや、どうなることかと。ともかく参りますので、どちらへ伺えば？　はい。天神の家電量販店。ああ、分かります、分かります。警固《けご》神社の向かいのビルですね」

すぐに伺います、と伝えてから電話を切って、身支度を整える。家電製品の神がちょうど家電量販店にいるなど、まさに好機だ。

当世風のファッションのことはよく分からないが、夜のドラマなどを見ている限り、オシャレな眼鏡に黒いチノパンにジャケットを羽織っておけば大丈夫だと私は学習していた。平安の世に比べれば機能的で軽く、大変素晴らしい。格式張った場所ではやはり束帯《そくたい》でなければ、とも思うが着ていく機会などそうあるものではない。

「しかし、どうしてウエストポーチを腰につけずに、肩から斜めにかけるのか」

ファッションの流行、変化は目まぐるしいものだと理解しているが、ついこの間まで腰につけていたポーチを、突然肩からかけるようになったのには驚いた。そんな流行があるなどつゆ知らず、神功皇后《じんぐうこうごう》様と天神へ出かけた際に『今後、決してウエストポーチは腰に巻かぬよう誓いなさい』と厳命された時には驚きを隠せなかった。

どうしてですか、と問うと『国の法律で決まったのよ』と仰る。

人の身から神に祀り上げられた者は、全盛期の姿で顕現する。私は三十代後半の姿だが、神功皇后様は二十代半ばといったところだ。しかし、降りしきる雨の音や、実った稲穂から変じた神々は古代に崇敬されたイメージのままに顕現し、幾つかのお姿をお持ちである。私も祟り神であった頃は雷を纏い、とても人の姿になど見えなかっただろうが、慰撫《いぶ》されて天神となった今は逆立ちしても姿を変えることができなくなってしまった。

玄関の薄いドアを開けた瞬間、夏の日射しに目の前が真っ白になり、むせ返るような熱気に思わず顔を背ける。

なんとか目を開けてみると、青々とした夏の空に天を突くような入道雲が湧き上がっていた。思わず詩《うた》を詠みたくなるような見事な光景に笑いが込み上げてくる。

「いやはや、見事な夏だな」

アパートを出て西鉄五条《にしてつごじょう》駅への道中だけで汗が噴き出してしまう。駅舎の影へ飛び込み、ハンカチで汗を拭ってジャケットを脱いで手に持つことにした。

やがてやってきた電車に乗り、西鉄二日市《にしてつふつかいち》駅まで向かうのだが、太宰府線を走る電車は天満宮をイメージした仕様にラッピングされていて、妙に気恥ずかしい。万が一にも菅原道真だと露見することなどないのだが、人気の多い時には眼鏡をつけるのが癖になっていた。

『かぶきおって』と宇迦之御魂《うかのみたま》様から笑われたが、こればかりは仕方あるまい。恥ずかしいものは、恥ずかしいのだ。

西鉄二日市駅で電車を乗り換えて、電車で西鉄福岡《にしてつふくおか》駅まで向かう。平日の昼間ということもあり、なんとか長椅子に座ることができた。以前は昼間も特急が走っていたが、つい最近になって早朝と夕方のみ特急は運行することになったので、えっちらおっちら天神まで向かわねばならない。

窓の外へ視線を投げると、後方へ流れていく景色が美しかった。

千年前には想像もし得なかった人の暮らし。よくもまぁこんなに増えたものだな、というのが八百万《やおよろず》の神々の一柱としての正直な感想であり、良い時代になったな、というのが菅原道真というひとりの人間としての思いであった。

流罪で太宰府へ向かう途中、博多へ立ち寄った。唐との貿易の拠点でもあった博多は、見たこともないような人間が溢れており、幼い二人の子どもを隠そうと頂いた衣で包んでやったのを覚えている。なんて場所へ来てしまったのか、と我が身を嘆いたこともあったが、自分よりも辛い環境にいる者を見かけることもあり、己の無知と弱さを恥じた。

向かいの席に座っていた五歳くらいの男の子と目が合う。隣に腰を下ろしている母親とおぼしき女性は抱っこ紐で赤ん坊を胸に抱いており、白目を剥いて力尽きていた。

男の子はきょとんとした顔で私のことを見てくる。このくらいの歳の子は、大人には見えないものが視《み》えていることが多い。

私は微笑んでから、指で掌印《しょういん》を結ぶ。陰陽道の術だが、生前は何も起こらなかった。しかし、神となった今は違う。

ごくわずかな紫雷《しらい》によって作られた蝶が、掌の間から舞い上がり、ふわふわと天井の近くを飛んでいった。

男の子はそれを見て歓声をあげているが、大人には見えない。まぁ、見ようとしていないから視えないのだが。

もっとやって、と男の子が期待を込めてこちらを見てくるので、まんざらでもない気になってくる。どうせ子どもにしか視えないのだから、と色んな動物の形をした式を作ってみせた。

大きく、健やかに育つといい。

そんな思いを、きっとこの国に住まう全ての神々が抱いている。人の悪意に晒されることなく、貧困に喘がず、心穏やかな一生が送れるようにと願わずにはおれない。

『薬院《やくいん》。薬院です。お降りのお客様は向かって左側のドアから……』

ふがっ、とお母さんがビクッと跳ね起きると、男の子を抱き上げて慌てた様子でホームへと飛び出していった。子育てはいつの世も大変なものだ。千年前も今も親の苦労は変わらないように思う。

去り際、小さく手を振っていたあの男の子も、いつか私の元へ参拝にやって来てくれたなら良い。

そうして薬院駅を出ると、次は終点の西鉄福岡（天神）駅へと到着する。大勢の乗客に流されるままホームを押し出され、改札を潜って大画面の前まで下りてきた。

余談ではあるが、ここ天神の地名の由来は私にある。千年前、配流《はいる》された私が姿見橋《すがたみ》で川の水面に映る自分の変わり果てた顔を見て嘆いたという話から来ており、そこに神社が建てられたのだが、初代福岡藩主の黒田長政《くろだながまさ》さんによって福岡城が築城される際に鬼門の方角に移設せよ、と今の場所に建てられたのが水鏡天満宮《すいきょうてんまんぐう》だ。

私は全国津々浦々にある天満宮へ跳ぶことができるが、余程のことがなければこの力を使用しない。以前ならば人が少ないので、あまり目撃されることもなかったのだが、今は監視カメラが設置されている境内も多いので、おいそれとそんなことはできなくなってしまった。こうして公共交通機関を用いて行くのが常である。

「菅原様」

振り返ると、そこには二十代後半くらいの爽やかな青年が立っていた。どう見ても某家電量販店の店員の格好である。

「お待ちしておりました」

そういって差し出された名刺を受け取ると、そこには『非営利団体法人　八百万　花伝幸彦《かでんゆきひこ》』とある。お花屋さんのような苗字である。

「家電製品の神を勤めております、花伝です」

戦後、我が国の高度経済成長期に新たな神々が誕生した。家電製品、ゲーム機、海外旅行の神などがそうである。新たな価値観や概念は、新しい神を生み出すのである。

「ご無沙汰しております。今日は突然のご相談に乗って頂きまして助かりました。ありがとうございます」

「お役に立てるといいのですが。では、さっそく参りましょうか」

灼熱の日射しから逃れるように新天町《しんてんちょう》商店街の中を進んでいくが、どうにもあちこちに目移りしてしまう。都会はすぐに様変わりするので目まぐるしい。

「天神へ出て来られるのは久方ぶりですか？」

「そうですね。自分の社には顔を出すのですが、終わるとすぐに帰るので。こうして散歩して回る機会はありませんね」

「天神様はお忙しいでしょう」

「いえ、夏はまだ季節柄そうでもありません。やはり年末から春にかけての受験シーズンとは比べものになりませんね」

「三が日だけで数百万人もの参拝者がいらっしゃいますものねえ。しかし、我々も初売りがあるので年末年始は忙しくて。昔は元日だけはどこも休みだったんですが、ここ二十年は競い合うような初売り合戦で戦場のような忙しさです」

「花伝様も販売に加わるのですか？」

「ええ。お客様の案内をしたり、メガホンを持って入口で呼び込みをしたり。ほら、忙しい時にいつの間にか人が増えていたりすることがあるじゃありませんか？　どの顔も知った顔なのに、数えると何故かひとり多い。アレと同じ原理でして。日本中どこの量販店にもひっそりと助力に行っております」

「なんと。では、その制服は？」

「本物です。まぁ、誰も違和感を覚えないようになっているので、ご安心ください。これも私の僅かな神威のひとつですので」

なんとも羨ましい力である。私にはそういう権能がないので、素知らぬ顔で己の本殿へ上がろうとしても止められるし、曲水の宴も見物人としてしか参加したことがなかった。

「その代わり、大した力はありません。販売に加わって少し人手を補うくらいです。クリスマスの時期はラッピング部隊に混じって、一日中包装作業をしていたりします」

「大変ですね」

昔、神功皇后《じんぐうこうごう》様たちに拉致同然に初売りに連れて行かれたことがあるが、あまりの人の多さと騒がしさにすぐに天満宮へと跳んで帰ってしまった。およそ耐えられない喧騒に音《ね》を上げてしまったのだ。

「あんな職場で働いているだなんて。敬意を表します」

「慣れればそう大変でもありませんよ」

にっこりと愛想のいい好青年だ。彼の接客ならば、およそ必要でないものまで思わず買ってしまうだろう。

新天町を出ると夏の日射しにじりじりと焦がされる。アスファルトから立ち昇る熱気が凄まじい。

逃げるように警固公園の前を通り、警固神社に目をやると傍らに漆黒のビルが聳《そび》えていた。以前、本殿の隣にこんなものはなかった筈だ。

「これは？」

「最近建てられた社務所ですね。オシャレですよね」

本殿よりも大きな社務所が傍らに建つというのも都会ならではだ。しかし、場合によっては不敬だという神々もおわすだろう。特に八十《やそ》禍津日神《がまつひのかみ》様は黄泉の穢れから生まれた厄災をもたらす神であられる。対となる大直毘神《おおなおびのかみ》様と共に厄災を祓う神として崇敬を集めているが、これは判断の別れるところだ。

「御祭神の大直毘神様と八十禍津日神様はなんと？」

「かなり好評のようです。二柱とも天津神《あまつかみ》でいらっしゃいますから、あまりお見かけしませんが、テナントに入っているファミレスでお食事をなさっていることもありますよ」

「そうでしたか」

「でも、境内に菅原様を祀る社がありますよね。お気づきにならなかったのですか？」

「請願や祈願の声は聞こえるのですが、流石に周囲の状況までは分かりかねますね。それにしても立派ですねえ」

「太宰府天満宮の仮殿も前衛的で素晴らしいと思いますよ」

確かにあの仮殿のデザインには驚いた。まさか屋根の上に森が作られるとは思わず、腰が抜けそうになったものだ。

目的の家電量販店へ一歩踏み入れると、心地よい冷気に思わず溜息がこぼれた。扇風機だけで寝苦しい夜を超えていた、あの頃にはもう戻れない。

「さぁ、では参りましょうか」


私はエアコン選びというものを甘く見ていた。

三時間である。

各メーカーの特徴や違いに始まり、グレードによってどのような機能がつくのか。センサーや加湿、それぞれのメーカーの強みを事細かく説明されたが、私のような平安時代の文官からすれば、エアコンなど冷風や温風を噴く白い箱でしかない。

水を得た魚のように、花伝様の説明は切れ味を増し、店に入って二時間半が経過した頃には開発の歴史を聞かされることになった。最早苦痛でしかなく、私は意識を保つので精一杯である。

「結局、何が宜しいのでしょうか？」

ようやく、その一言を発することができたのは、接客が始まって三時間が経過した頃だった。

「はい。以上の理由により、こちらのエアコンが宜しいかと」

「そうですか。では、そちらをお願いします」

「取付工事は最短でも明日になります」

「宜しくお願いします」

今夜だけはなんとか熱帯夜を乗り越えるしかない。

それにしても、たかだか四畳半の部屋を冷やすのにこれほどの労力を要するとは思わなかった。長い間、私の家で活躍してくれていた今のエアコンへの感謝に堪えない。日常で何気なく使っている家電製品に、どれだけ依存しているのかがよく分かる。

「申し訳ありません。つい熱が入ってしまいまして」

椅子に座り、なんとか伝票に住所を書いている私に頭を下げようとする彼に、気にしないでください、と手で制した。

「いえ、大変勉強になりました。お値引きも沢山して頂いて、本当に助かりました」

私ひとりでやってきたならば、確かにこれほどの時間はかからなかっただろうが、過不足があったに違いない。

「それでは私はもうこれでお暇しますが、花伝様はどうなさいますか？」

「私はこれから博多の方の大型店舗に出向こうかと。あちらも忙しい様子なので助力に参ります」

神は人の世に干渉してはならない、というのが大前提であるが、この場合はどうなのだろうか。干渉していると言えば、そうなのかもしれないが、目だった御利益がある訳でもない。ただひとつだけはっきりとしているのは、彼が家電オタクであるということだ。真新しい神の勢いに圧倒された私は、ふらふらとした足取りで店を後にした。

⁂

都会はとにかく疲れるものだ。普段、太宰府の自宅と天満宮近辺くらいしか出歩かないので、こういう時に体力のなさが浮き彫りになる。座れる場所も見当たらないので、一息つくこともままならない。ならば喫茶店で休憩如何と言わんばかりにあちこちにカフェがあるが、あんなオシャレな空間にひとりで入っていけるようならば苦労はしない。

時計に目をやると、時刻は昼をとうに回っている。食事をしていなかったが、あまり食欲が湧かない。とにかくどこかに腰を下ろしたかった。さもなくば横になりたい。

また電車に乗って帰る気力もないので、とりあえず水鏡天満宮へと向かうことにした。日差しから逃れるように、早々に地下街へと下りる。あとは人々の流れに身を任せて、目的の出口へと向かうのだが、地下街だと方向感覚が狂う。私は地下街が苦手だ。

こういうと『生前は京の都にいただろうに』と仰る神もおわすが、私がいたのは千年前の都である。大路を走っていたのは牛車がせいぜいで、これも酷い乗り心地だったので好きではなかった。硬いし、揺れるし、あと遅い。

地下鉄天神駅を行き過ぎて、アクロス福岡の方へ進もうとしたところで、誰かが私の手首を握りしめた。ギョッとして振り返ると、見覚えのある美女が満面の笑みを浮かべている。

「ちょうど良いところで会ったわ」

「じ、神功皇后《じんぐうこうごう》様」

「人前でそんな長ったらしい名前で呼ばないで。それよりも珍しいわね。菅原くんがこんな所にいるなんて」

「やむにやまれぬ事情があったのです」

「事情って？」

「エアコンが臨終しまして」

ふふっ、とくすぐったそうに笑う。

「買い替えに来たのね。で、疲れ果てて帰るところか」

「そうです。皇后様は何用で？」

「別にこれといって用もないんだけどね。暇潰しかしら」

そうですか、と言って手を振りほどこうとするが、微動だにしない。

「あの離して頂けませんか。もう帰るところなので」

「駅はそっちじゃないわよ」

「いえ、水鏡天満宮から跳んでしまおうかな、と」

別に悪いことをしようというのでもないのに、後ろめたいものを感じるのは何故だろうか。

「よし。それなら終電も関係ないわね」

「いや、だからこれから帰るんですって」

「オフシーズンでしょう？　たまには呑まないとダメよ。人に相談しないで、黙って仕事を背負い込むタイプは時々発散しないと」

春に花見をやったばかりであるが、あれは呑んだうちには入らないのだろうか。散々に呑み明かし、私なぞは明け方に命からがらアパートへ帰り着いたが、迎え酒を呑みに行った神々もいらしたのはなんとなく覚えている。

「大人しくついてこないと、宗像三女神様《むなかたさんじょしん》との女子会に呼ぶことになるけど」

名前を聞いただけで血の気が引いていく。宗像三女神様は天津神《あまつかみ》である。私が生きた平安の世でさえ、古い神々であった。九州の灘に浮かぶ絶海の孤島。天照大御神様《あまてらすおおみかみ》と素戔嗚尊様《すさのおのみこと》が誓約《うけい》の際に生み出した三柱《みはしら》の女神。御神徳は篤く、崇敬も深い。およそ酒に酔うということがなく、幾らでも呑むことができた。

美しい三姉妹ではあるが、酒宴を共にするには私の器量が足らない。

「……謹んでお供させて頂きます」

「そうでなくちゃ。夏なんだから、神々だって愉しまないと」

これで今日の予定は完全に破綻した。

仕方がないので、明日のことは明日の私に任せる他はない。積み重なった祈願や請願の量を思うと胃が痛くなるが、女神たちの女子会にただひとり、異性の身で放り込まれることを思えば、なんということもない。詩歌の集いならともかく、付爪の色の違いで盛り上がることのできる感性を、残念ながら私は持ち合わせていない。

「しかし、昼間から呑むというのは……」

「昼間から呑むから美味しいんじゃないの。仕事中のサラリーマンの目の前でこれ見よがしに呑む生ビールは最高よ」

なんと惨いことを平気で言うのか。やはり熊襲《くまそ》を討ったという女傑は言うことが違う。

「前は天神駅前にあるビアガーデンに行っていたのだけれど、開発でビルごとなくなっちゃったのよね。天神コアってあったでしょう」

「ありましたね。そういえば」

「裏にあったジュンク堂もないわよ」

「え！」

「警固神社の近くに移転したわ。知らなかったの？」

「そうでしたか。ああ、立ち寄れば良かった」

どうしようかな〜、と言いながら手慣れた様子で携帯を操作している。私などは専ら電話にしか用いないので、宝の持ち腐れである。辛うじて写真を撮ることはできるが、心が揺れ動くようなものはすぐに詩にしてしまうので、あまり必要としなかった。

「菅原。中央公園で催し物やっているみたいよ」

「ああ、アクロス福岡の裏手にある広場ですか」

「九州の特産品をメインにしたイベントみたいね。やった。クラフトビールもあるわ。ほら、なにぼさっとしてるの。行くわよ」

ぐい、と手を引かれながら、思わずついていってしまうのはどうしてだろうか。私はひとりっ子であった。兄弟はいたが、物心つく頃にはみんな死んでしまった。

姉がいれば、このような風であっただろうか。

「ほら、ちんたら歩かない。キビキビ歩く！」

容赦なくバシバシ、と背中を平手で叩かれて、私はすぐに前言を撤回した。

粗暴な姉などご免被る。

⁂

天神中央公園は隠れた名所である。都会の真ん中に、腰を下ろして休憩を取ることができるだけでなく、様々なイベントが開催される。

青々とした一面の芝生。立ち並ぶ店からは何とも言えないかぐわしい匂いが漂ってくる。九州各地の特産品を食べたり、買って帰ったりできる催しのようだ。実に素晴らしい。

「とりあえず適当に気になるツマミを買って、ここにまた集合しましょうか。菅原くんは何か嫌いな食べ物とかあるの？」

「特にありませんね。大抵のものは食べます。あ、そういえばひとつだけ苦手なものが。あのパクチーという薬草はちょっと。あまり好んでは食べません」

「平安貴族のくせに割となんでも口に入れるタイプなのね。分かったわ」

他の公卿《くぎょう》たちが苦手だと言っていた、醍醐も気にせず食べることができた。

「皇后様は嫌いな食べ物はありますか」

「お酒に合わないもの全般」

じゃあね、と堪えきれなくなったように雑踏の中に飛び込んで、それきり見えなくなってしまった。

私も人並みに酒は好む。しかし、昼間から呑んでいたいと思うほどではない。神々の中には、常に酒に酔っていたいというアルコール依存症気味の神も少なくない。

タープがあちこちに張ってあるおかげで日除けはあるが、野外はやはり暑い。その分、冷たい生ビールの店に列ができる。渇いた咽喉《のど》が、思わずごくりと音を立てた。

空腹は最高のスパイスという言葉があるが、まさにその通りであるように思う。ついつい色んな店の品を眺めてしまい、普段なら固く絞った財布の紐が祭りにも似た空気に晒されて自ずと緩んでしまうのだ。あちらこちらと欲望のままに買い求め、気がつけば両手一杯の食べ物でふさがってしまった。

「なんと」

集合地点へ戻ったが、まだ神功皇后《じんぐうこうごう》様の姿が見当たらない。

道真〜、菅原道真〜、と何処からともなく私を呼ぶ声がする。ギョッとして視線を動かすと、川に面した側に設置されたテーブルに神功皇后《じんぐうこうごう》様の姿を捉えた。周囲から向けられる、好奇の視線が耐えがたい。

「どうしたのよ。顔が真っ赤じゃないの」

「あんな大声で名前を連呼されたら誰だってこうなります。なんの嫌がらせですか」

「仕方ないじゃないの。菅原道真が本名なんだから」

気にし過ぎよ、とにべもない。

「それにしても沢山買ってきたわね。食べ応えがありそうだわ」

言いながら髪を器用に頭の後ろで結《ゆわ》えていく。食事中に髪を縛らない女と、食べても肥らない女は敵だと普段から公言しているだけのことはある。

「思わず買い過ぎてしまいました。二人だけで食べきれるでしょうか」

「時間はあるんだからゆっくりやりましょう。ほら、乾杯」

大きめのプラスチックのカップに注がれた琥珀《こはく》色のクラフトビールは熊本のものらしい。ぐい、と咽喉へ流し込むとするすると入っていく。暑さにうんざりしていた身体が内側から冷えていく心地よさに思わず笑みがこぼれた。

「やっぱり夏はビールよね。最高」

「仰る通りですね。いや、これは清々しい」

テーブルの上に並んだのは九州各地の料理で、宮崎の地鶏炭火焼や、鹿児島の黒豚のトンカツ、熊本の車海老のサラダ、大分のとり天、佐賀のイカ刺、長崎のパエリア。他にも聞いたことのないような食べ物が並んでいる。

酒のツマミにしては量が多いような気もするが、折角の機会なので思う存分食べてしまうことに決めた。

「うん。どれも美味しい」

しみじみと言いながら、どこか感慨深い様子の皇后様は、少し離れた芝生の上で転がって遊ぶ幼い子どもに目を向けた。

「今でも信じられないのよね。こんな平和な時代がやってくるなんて。本当に想像することさえできなかった。子どもは本当に弱くて。雨で身体が冷えてしまうだけで、たちまち病に臥せって死んでしまう。十歳まで生きられる子どもは、半分もいなかった」

六百年ほど後の世を生きた私の時代も、人の命は軽かった。死は常に身近にあり、どれほどの栄華を誇ろうとも、没落してしまえば路頭に迷って死ぬ他はない。人心は醜く、宮廷には讒言《ざんげん》が満ちていた。

「ええ。そうですね」

「この美味しいトンカツだって、熊襲の末裔たちが作ったのよ。かつて私が征服した者たちの末裔。それが今では同じ国の人間として、こうして笑い合って宴を共にしているのだから。こんなに嬉しいことはないわ」

そう言ってビールを煽るように呑み干し、炭火焼を頬張る。

神功皇后《じんぐうこうごう》様が生きたのは、ヤマト王権が国を統一しようとしていた戦乱の時代である。互いに殺し合い、奪い合っていた時代。誰もが生きる為に戦わねばならなかった。

「神々がこうして昼間からお酒を呑んで、人の子らを眺めていられる世界がどれだけ尊いものか。きっと今を生きる人たちには分からないでしょうね」

「この景色を勝ち取るまでに、どれほどの犠牲があったのか。その者たちをこの目で見届けてきたのは、私たち神々以外にはいませんからね。感慨もひとしおというものです」

「でも、そんな争いごとなんて一生知らないまま人生を終えられる時代は、まだやってきていないわ。悲しいことだけれどね」

「そうですね」

「私はね、人であった頃にも親が子を殺さずともいい、飢えず盗まず、生きていける世を作りたかったのだけれど、まるで上手くいかなかったわ」

「いつの日か、この光景を遍《あまね》く見ることができる世がやって参りますよ」

「そうね。そうなれば、私たちの役目も終わるかしら」

悪戯っぽく笑う神功皇后様に、私は大袈裟に頷いてみせた。

「その時は八百万《やおよろず》の神々は職を失いますね」

何とも幸せで皮肉な話だが、この光景を世界中で見ることができるのなら悪い話ではないだろう。

誰も彼もが幸せそうに笑っている。子どもたちは芝生の上を遊び回り、両親はその様子を満足げに眺めている。商いをする者にも、客にも邪気はなく、誠の心がしっかりと根付いているのが分かる。

幾多の営みの上に積み上げられた景色を、こうして眺めていられるのは神として至上の喜びかもしれない。

無論、目の前の景色がこの国の全てではない。悲しいことに目を覆いたくなるような悲劇が、今この瞬間にも起きているのだろう。しかし、それでも少しずつこの光景が広がっていくと良いと願わずにはおれないのだ。

「ねえ、菅原くん。昼間から呑むビールは格別でしょう？」

「ええ。最高の味わいです」

ホップの苦味と麦の香りが口の中に広がっていく。海の幸、山の幸に舌鼓を打ち、ゆったりと流れる時間を満喫した。

「たまには、こういう休暇があっても良いかもしれませんね」

「今日は夜まで呑むわよ。後から他の神々もやってくるから楽しみにね」

にっこりと微笑んで、神功皇后《じんぐうこうごう》様はビールのおかわりを買いに席を立った。

長い髪を風に靡かせて、軽やかな足取りで駆ける姿は、きっとかつて皇后として戦っていた頃の彼女よりも幸せなものに違いない。

夏の章　二　珈琲天林

太宰府天満宮に一度でも参拝した者であれば、本殿の彼方に聳える霊峰、宝満山の威容を目にしたことがあるだろう。もしも目にしていないのであれば、それは本殿の荘厳さに心と視線を奪われたからか。あるいは単純に注意力の欠如である。なんなら西鉄太宰府駅を下りてすぐにでも視界に入るので、よくよく観察して頂きたい。視界に入る中で最も高い山だ。必ず見つけられるだろう。丁度交番の向こうに見えると思う。多分。

私の四畳半の自宅からでも、その雄大な姿を見ることができる。狭い上に古いオンボロアパートだが、窓からの景色だけは悪くない。これで自分の社が見えれば文句はない、と思う者もいるだろうが、よく想像してみて欲しい。自分の墓が見えたなら、きっと微妙な気持ちになるだろう。それは神も変わらない。確かに美しく荘厳な社だが、三日に一度に通うくらいが丁度良い。

休日の昼下がり、自宅でおかずのイワシ明太を箸で分解していると、唐突に戸を叩く者がいた。

この叩き方のリズムには嫌というほど覚えがあった。案の定、こちらがどうぞという前に玄関の戸が開いて、中肉中背の男がうんざりした様子で入ってきた。

「あちぃ。なんだ、この暑さは。死んじまう」

そうしてズカズカと上がり込むと、人の昼餉《ひるげ》を一瞥してなんとも不満そうな顔をした。

「なんだ、また焼き魚ばかり食べてるのか。たまには牛肉を食え、牛肉を」

開口一番これである。

「やかましい。お前こそ魚釣りの神を名乗るのなら、魚を推せよ。なんで牛肉なんだ」

「誰だって二千年以上も魚ばっか食べていたら、いい加減に飽きるわ。明治になって牛鍋を食べて以来、俺は牛肉を司る神になりたいと真剣に思ってるよ。和牛の霜降り肉の神になりたい」

なんてことを言うのか。えびす神と牛肉に何の接点があるのか。申し出てこられても天照《あまてらす》大御神《おおみかみ》様も対処に困るであろう。そもそも、何だかんだ一番の好物は寿司なのも知っている。

どっこらせ、と腰を下ろしながら、貴重なイワシ明太の一匹をひょいっと摘み上げて無造作に食べたので、思わず悲鳴が出た。

「何をするんだ、この野郎！」

「いてて。腹を掴むな、腹を！」

「人の好物を横取りする奴だけは許すなというのが、我が家の家訓だ。返せ」

「ははは。西高辻家にそんな家訓、残っているものかよ。油断している方が悪い」

「それが神のやることか」

「いいツマミにはなったが、腹にたまらんな」

「高価なんだぞ、イワシ明太。返せ」

イワシ明太を知らないという者は恐らくいないだろう。しかし、敢えて説明するのなら、イワシの腹部に明太子を詰めた至高の傑作である。私のように明太子も焼き魚も好きだという者からすれば、夢のような組み合わせだ。勿論、これも説明するまでもなく大変美味である。

「腹の中に入ったもんは返せんわい。菅原よ。お前さん、今年やった花見のこと覚えとるか？」

「ついこの間の話だろう。まだそこまで耄碌《もうろく》していない」

「そう、それなんだが、少彦名命《すくなひこなのみこと》様との約束とは、一体なんのことだ？　聞き覚えがあるか？」

思わず箸の動きが止まる。

「……そういえば、キャンプに誘われていたのだった」

「それのことか。ようやく合点がいった」

「ああ、しまった。私ともあろう者が、すっかり忘れてしまっていた」

「今日、吉塚《よしづか》にあるアウトドアショップの前で捕まってな。週末のキャンプに誘われた。菅原くんも来るから勿論、君も来るだろう？　と。話は花見の時から決まっていたとかなんとか。いったい何の話かと思うたわ」

「週末とは聞いていなかったが、そうか。しかし、断ってくれたならよかったのに」

「断れる筈がないだろ！　日本神話の王貞治だぞ！　国造りの二大神、その一柱の誘いを蹴れるか？　俺には無理だ。年功序列には逆らえん」

　残りのイワシ明太を齧りながら、流石に私もこれには同意せざるを得なかった。

「しょうがない。パワハラではないかと相談したいが、ご本人に悪意はなし。そもそも訴え出る所もなし」

　労働基準法は人の法律で、神には適応されない。漆黒の労働環境である。

「曇りなき善意というのが手に負えない。ちくしょう、週末は船釣りと決めていたのに」

「沖に出るのか。どこへ行くつもりだったんだ？」

「沖ノ島《おきのしま》」

玄界灘に浮かぶ神の島である。あらゆる道を守護する最高神として、神勅によって三姉妹の女神がそれぞれ大陸に続く要所に祀られた。現在の宗像市にある辺津宮《へつぐう》、大島にある中津宮《なかつぐう》、沖ノ島にある沖津宮《おきつぐう》である。

「沖ノ島も今では近づくこともできなくなってな。こないだは危うく捕まるところだった」

「世界遺産だからな。無許可で上陸する訳にもいかんだろう」

「以前から女人禁制ということだったが、世界遺産に登録されて、関係者以外は上陸禁止になってしまった。同じく海にまつわる神だと訴え出たいが、宗像大社で門前払いにされるのが関の山だ」

「宗像三女神《むなかたさんじょしん》様はなんと？」

「イケメン俳優も禊《みそぎ》に来なくなってしまった、と嘆いておられた」

さもありなん。見目麗しい若い男子が海辺で禊を行い、島へ上陸するのだ。これを嫌がる女神はおるまい。

「しかし、この酷暑にキャンプか。私はこう見えて、あまりアウトドアの得意な神ではないのだが」

「こう見えても何も。お前さんは、どう見てもインドア派だろう。なまっ白いモヤシのような顔しおって」

「元々、学者なのだから当たり前だろう。政治家でさえなかったのに」

はぁ、と二人で溜息をつかずにはいられない。

「キャンプそのものに関心がない訳ではないが、よりによって何故こんな真夏になんだろうか。秋とか春とか、もっと良い季節があるだろうに。虫もいるし、暑苦しいし、人も多い」

「私に聞くな。何か深いお考えがあるのだろうさ。多分な」

おかずを齧りながら、白米をかっこむ。今日のだし巻き卵は会心のできだ。

「なんだか俺まで腹が減ってきた。菅原、なんぞ食べるものはないかな」

「残念だが、白米はこれでおしまい。おかずもない。どうしてもというのなら、そこのコンビニで何か適当に買ってくればいいじゃないか。お湯なら沸かせばある」

「そう何度も、こんな日射しの中を出歩けるか。熱中症になる」

「そこはこう、神威でなんとか。紫外線バリアーを張るとか」

「魚釣りの神にそんな力あるかい。お前こそ自在天神を名乗っとるんだから、雨のひとつでも降らせてみせろ。そうすりゃ、少しは涼しくなる」

「雨雲ひとつ呼ぶのがどれだけ大変か。相当に気分が落ち込んでないと曇りもしない。おまけに二、三日は寝込む羽目になる」

二柱の神が四畳半に揃っておきながら、たいしてやれることがないというのも寂しいものがある。

「ああ、本格的に腹が減った。菅原、適当に漁るぞ」

「かまわんが、本当に何もないぞ」

がさごそと冷蔵庫やストッカーを物色しながら、「暑い暑い」と呻くので暑苦しいことこの上ない。

「熱中症で死なんといいな。田んぼの神なんか倒れたらしいぞ。笠と箕を背負っていてはさぞ暑かろう」

「笑えない冗談だ」

冗談ではない、と釣神は言いながら袋ラーメンを取り出し、急に神妙な顔つきになった。

「菅原。塩ラーメンは置いてないのか。いや、そもそもうまかっちゃんがないのはどういうことだ」

「残念だけど、切らしている。ちなみに私は味噌派だ。あっさりの塩も悪くないが、そこのメーカーのものは味噌しか買わないと心に決めている」

某メーカーの袋ラーメンだが、この醤油、味噌、塩の三つのテイストでいつも意見が分かれる。神在月に出雲に出向いた際に、二次会でこの論争が巻き起こってしまい、大変な騒ぎになったことがある。一番支持者の少ないのが醤油味だったが、最高神の天照大御神《あまてらすおおみかみ》様が醤油推しだと宣告なさった時点で論争は終結した。

「嫌なら食べなければいいだろう」

「塩美味いんだぞ。あのカレー粉を感じさせるスープがたまらんじゃないか」

そんなことを言いながら、勝手に棚から取り出した雪平鍋に水を入れて袋麺を作っていく。なんとも慣れた手つきである。

「そういえば、件のキャンプには他にどなたがいらっしゃるのだろう」

「なんだ。まだ何も聞いてないのか」

「全く何も。今週末だという話も知ったばかりだ。何か聞いたか？」

「詳しくは聞いておらんが、あとひとり若い神を誘うのだとか。なんでもキャンプには欠かせぬ神らしい」

はて、どんな神だろうか。

「寝袋の神とか？」

「そんな神いたかな。寝具の神が兼任しておられるのでは？」

「どうだろうか。なにせ毎年、かなりの数の神が生まれるから」

「まぁ、菅原も神々の中では割と若いがな。俺の方が神としてはかなり先輩なんだから、もちっと敬え」

「氏子の数でいえば私の方が圧倒的に多いと思うがね」

「あー！　それは言わない約束だろう！　なんだ、社領に国立博物館なんぞ誘致しおってからに！」

「羨ましいだろう。私なんて毎月かかさず通ってる」

「ぐぐぐ。羨ましいにもほどがある」

「私の方が若いからいいの！」

ギャアギャアと醜い論争をしているうちに、麺が茹で上がったのか、そそくさとスープを溶いて麺を器に盛り付けていく。

「ええい、話が逸れた。問題はキャンプだ。キャンプ」

「自慢ではないが、そういう道具は何も持ち合わせがないのだが。レンタルなどできるんだろうか」

「身ひとつで来ればよい、とのことだが、それでも最低限のものは用意すべきだろう」

「例えば？」

「携帯を充電する為のモバイルバッテリー」

ずるる、とラーメンを啜る神の姿を見ながら、なんとも物悲しくなる。

「世俗的だなあ」

「今時、携帯がないと何もできん。俺もスマホにしてからというもの、もうすっかり手放せなくなってしまった。潮見表もついてて便利だし、懐中電灯にもなる。暇な時は動画も見放題だ」

「潮見表くらいは海の神の係累なのだから、携帯に頼るのはやめろ。なんというか、こうイメージが悪い」

「なら絶対持ってくるなよ、充電器。自分でビリビリやれ。俺のは貸さないからな」

文明の利器とは恐ろしい。神さえも骨抜きにしてしまうのだから。もう今更、あの頃には戻れない。

「携帯電話が壊れたらどうするんだ。そもそも他の道具はどうするんだ？」

「まぁ、少彦名命《すくなひこなのみこと》様はその道の玄人《くろうと》でいらっしゃるというから、心配はいらんだろう」

「それもそうか」

ラーメンのスープを呑み干して、えびすはニヤリと笑う。恵比寿顔というが、私にはあまり縁起のよい顔に見えない。友人の顔だから仕方のないことかもしれないが。

「せっかくの機会だ。行くのなら目一杯楽しもうじゃないか」

そう言った彼の鼻には、乾燥ネギが張り付いていた。

誰もがご存じのように少彦名命様は国造りにおける最重要人物の一柱である。大国主命様《おおくにぬしのみこと》と共に活躍したが、他にも酒造、医薬、温泉、呪術、穀物、知識、石工などを司る神であられることから見ても、好奇心旺盛で非常に勤勉な神でいらっしゃることが分かるだろう。

しかし、そのように高名なる少彦名命様はここにはいらっしゃらない。

ここ、とは即ち霊峰宝満山にあるキャンプ場であり、これから我々が一泊する山谷の一角である。みっしょわ、みっしょわと蝉のけたたましい鳴き声が響き、早くも耳がおかしくなりそうだった。

そのキャンプ場で三柱の神が途方に暮れていた。

何故かといえば、発起人本人が当日にドタキャンするという、にわかには信じられない事態が起こったからである。

「申し訳ない。もう一度、伺っても良いですか？」

「ええと、ですから少彦名命様はいらっしゃることができません。少なくとも本日中にこちらに戻ってくることは不可能かと」

困った様子で言いにくそうに話しているのは、背の高い若い男神で、腰には緑色のオシャレなエプロンを巻いている。肌は茶色がかった黒だが、短く刈り上げられた頭髪と身につけているシャツやズボンは真っ白だ。

「つまり、少彦名命《すくなひこなのみこと》様は常世の国へ去られたと？」

「去られたと言いますか、うっかり帰省してしまったと申しますか」

彼の話によれば、少彦名命様は朝食を買おうとコンビニへ立ち寄った所、トイレのドアを開けたらうっかり常世の国へ繋がってしまい、驚いた拍子にあちらへと転げ落ちてしまったのだという。常世の国は水洗トイレの先にあるのだろうか。

「私もバスを下りてから留守電のメッセージを聞いたので、とにかくお二人にお伝えしなければならぬと思い、こうしてお待ちしておりました。荷物は昨夜のうちに事務所に預けておいたと聞いておりますが」

「荷物というと、つまりキャンプ道具か」

「伝言がございまして。ええと、『私のことは気にせず存分にキャンプを満喫して欲しい！ようこそ、大自然へ！』とのことです」

「…………」

思わず空を仰がずにはいられない。キャンプに誘った当の本人が来ないなどと、誰が想像できようか。達人がいるから大船に乗ったつもりでいたのに、出航前に船長は海に落ちてしまった。

「ちなみに、もしやキャンプの神様であらせられます？」

「いえ、私はアウトドアはからきしでして」

万事休す。

「いっそ中止にしてくれたら良かったものを……」

「言うな、菅原。乗り掛かった船だ。それよりも、御身は何処の神か？」

日本人離れした長身と肌の色、おまけにこのなんとも言えない香ばしい良い匂いはなんだろう。

「ご挨拶が遅れました。私、珈琲豆を司る神をしております」

一瞬の沈黙。

「……珈琲豆。つまり珈琲の神ということですか？」

「そういうことに、なりますね。まだ新参者ですが、少彦名命様とは懇意にして頂いておりまして。こうしてキャンプの際にはいつもお声をかけてくださいます。えびす様と天神様にお会いできるだなんて光栄の至りです。特に菅原様のことは、いつも参道の社からよく拝見しておりました」

参道の社？　うちの参道に他の神の社なんてあっただろうか。

「スターバックス珈琲です。国内にとどまらず、全世界のコーヒーショップが私の社なんです。珈琲豆は湿度にも敏感で、焙煎ひとつ取っても非常に難しい」

「コーヒーショップが社っていいなあ。俺の社はほとんどが漁船の中だからなあ。オシャレとはほど遠い。羨ましいぜ」

「祀られておいて文句を言うなよ。しかし、此処でぼんやりしていても始まらない。とにかくキャンプの用意をしましょう。ええと受付に行けばいいのかな」

入り口のほど近くにログハウスがあり、そこに大きな看板で『非営利団体法人　八百万保養施設』とある。どちらも非常に真新しく、新品同然であった。

受付には年老いたひとりの老婆がおり、頬杖をついて居眠りをしていた。ごぉごぉとイビキをかきながら、時折、息が気管支に詰まるのか、くぐもった咳を繰り返している。

「おい、菅原。この婆様、人間だぞ」

「ああ。どう見てもただの人間だ」

「そんなに珍しいのですか？」

「当たり前だろ。神々が集う施設だぞ。ただの人間だと色々と支障があるだろう。菅原、まずくないか？」

「いや、これには何か深い理由があるに違いない」

そういうことにしておく。あまり深く知りたくない。

「あの、ご婦人。起きてください」

耳元で声をかけると、老婆は目をこすりながら顔をあげ、それから大きな欠伸をひとつする。

「はいはい。いらっしゃいね」

「あの、予約をしていた者なんですが。砂川という者が予約していたんですが、急用で来れなくなってしまいまして。こちらに荷物を預けていると聞いたのですが」

「ああ、はいはい。少彦名命《すくなひこなのみこと》様の件ね。奥にしまってありますよ。あたしは腰が曲がってますから、好きにしてください。トイレは右手側、薪もそちらにありますから好きに使って。お兄さん方もどこかの神様でしょうからね、その辺りはうまくやってくださいな。おトイレはちり紙なんかは流さないでくださいね。すぐ詰まりますから」

しわがれてはいるが、すらすらと淀みのない説明に思わず面食らってしまった。

「あの、ご婦人はいったい何者でしょうか？」

「あたし？　麓の蕎麦屋を営んでおります年寄りでして。まぁ、店は娘夫婦が継いでますから、家にいてもやることがないでしょう。やることがないと人間呆けてしまいますからね。それで何かないかしらと思っていたら、こちらのお仕事をご紹介して頂いて」

「ど、どなたから？」

「あたしも驚いてね。玉依姫様《たまよりひめ》がうちのアルバイトをしていらしたなんて知りませんでしたよ。ああ、あたしは昔あそこの竈門神社で巫女をしてたんですよ。もう七十年も昔の話ですけどね」

ひぇっひぇっ、と心底可笑しそうに笑う。

「それがご縁で、こんな年寄りを雇ってくださるんですから、ありがたいことですよ。これまで正しく生きてきた甲斐があるってものです」

リクルートの仕方がかなり特殊な気もするが、玉依姫様のなさることに異議を唱えられる者もそうはおるまい。管理人にしてしまうあたり、きっと相当に信心深い巫女だったのだろう。

「そうでしたか」

そう思うと、急に目の前の老婆が幼い巫女のように思えてきた。ご近所だ。きっと私の社にも参拝に来たことがあるだろう。あの酷い戦争を経験しているのだと思うと、にわかに目頭が熱くなった。

「お三方もきっと名のある神様とは存じますが、何分見ての通りの年寄りですから、どうかご寛恕《かんじょ》くださいね」

深々と頭を下げる彼女を見て、なんだか申し訳ない気持ちになってしまった。

それから私たちは利用申請の紙にサインをし、キャリーカーに道具一式を載せ、少彦名命《すくなひこなのみこと》様が予約した区画へと移動することにした。

「驚いたな。何が驚いたって、あの婆様、もうかなりの高齢だぞ。片足こちら側じゃないか」

「失礼なことを言うな。縁起でもない」

「でも、朗らかな方でしたね。今時、あれほど信心深い方も珍しい」

確かに。最近は御朱印巡りなどで神社にやってくる者は増えたが、信心深い人間というのは非常に少なくなってきている。誓願ではなく、祈願の方が多いのが現実だ。

「私たちに誓いを立ててまで成就させたい願いなんてないのかも知れませんね。今はなんでも手に入る世の中ですし」

「確かにな。うちにも宝くじの当選祈願とかよく来るよ。おれ、豊漁の神なのに」

「神々あるあるだな。ありとあらゆる人間が、ありとあらゆる願い事をしに来る。願うだけでは叶わないことに気づかない者も多い。私たちにできるのは、後押しだけだというのに」

運と呼ばれる部分だけを、私たち神々が整えられる。あとは当人の努力次第だ。

「珈琲の神の元に祈願に来る者はいるのかい？」

「ええ。いますよ。特に若い女の子が多いですね」

「例えば？」

「そうですね。キャラメルフラペチーノのクリーム増やして、とか。限定商品が注文まで売り切れませんように、とかでしょうか」

急に俗っぽい話になったので、思わず笑ってしまった。

「それは店の経営者に祈願する内容ですね」

指定された区画は非常に景観がよく、太宰府の景色が一望できる。おまけに大きな湖があり、その湖畔の区画というのはなんとも物静かで素晴らしい。しかし、宝満山に湖などあっただろうか。少なくとも虹色の滝などはなかった筈だし、あの木陰から伸びているのは仙人が食すという仙桃《せんとう》ではなかろうか。

「無関係な人間が迷い込まないようにしてあるのだろうが、これは些か職権濫用ではなかろうか」

「この湖もなんか棲んどるなあ。大鯰《おおなまず》か？　菅原、この辺りはお前さんの管轄だろう。何も聞かされていないのか？」

「何ひとつ、聞いてない」

管轄も何も。事務仕事ばかり押し付けられているに過ぎないのに。

八百万《やおよろず》の神々というのは基本的に大雑把である。そもそも八百万という言葉も正確な数などではなく、「とにかく沢山」くらいの意味でしかない。お米一粒に七柱の神々が棲まう国で、神様の総数を数えるなんてのは無駄なことだ。一事が万事そういう調子なので、それぞれが互いの都合などお構いなしに自分の都合を通そうとした結果、こういうめちゃくちゃな空間が生まれてしまうのだ。まぁ、そこで正面きっての争いにならず、適当に合わせてしまうのも『らしさ』と言えるだろう。

「とにかくテントを張ろう。寝る場所の確保が最優先だ」

テントの袋から中身を取り出すと、布と細い棒が沢山出てきた。しかし、どこをどう探しても説明書らしきものが見当たらない。

「……嫌な予感がする」

「やめろ。お前がいうと現実になる気がしてくるだろ！」

しかしというか、やはりというべきか。私の不安は見事に的中した。袋の中には設営の説明書はなく、ただとにかく大きな布と骨組みのような金属の棒が入っているばかりであった。おまけに他の小さな袋には短い杭のようなものと、紐が入っていたが、これもなんに使うのか分からない。おそらくは地面に突き刺すものなので、とりあえず近くに刺してみたが、皆目見当がつかない。長い金属のような棒も刺すか悩んだが、こちらは先端がどちらも平らなのでやめておいた。

「そうだ。ネットで建て方を検索すればいい」

「おお、流石は勉学の神！」

「えびす。私を馬鹿にしているのか」

しかし、案の定というべきか、ここは電波圏外である。人払いの結界か何か知らないが、ネットくらいは繋がるようにして貰いたい。これではなんの為に携帯電話とモバイルバッテリーを持参したのか分からないではないか。

「よし。テントは後回しにしよう」

「いいのか？」

「しょうがない。それよりも暗くなる前に火を熾《おこ》さないと、真っ暗で何も見えなくなってしまう。天井もない場所で眠るなんて絶対にご免だ」

左遷されて太宰府に流されてきた時でさえ、夜露を凌ぐことのできる家はあった。焚き火台なるものを組み上げるのは特に難しくもなかったが、問題はどうやって火を熾こすかである。

「ライターの類が見当たりませんね。お二人は火熾こしの経験などは？」

二人揃って首を横に振る。

「メタルマッチなるものは見つかりましたから、これでやりましょう」

「なんだ。そんな便利なものがあるなら話が早い」

しかし、ここからが長かった。

このメタルマッチとは金属の棒を、対になっている金属片で擦りつけると勢いよく火花が散るというものなのだが、これがどうにもこうにも着火しない。細かい枝葉に何度繰り返しても一向に火がつかない。要領が悪いのか、擦り方が間違っているのか。火花は落ちていくのに、煙ひとつ上がらないまま、一時間が経過する頃には、三人とも疲労困憊となってしまった。

「誰か、火の神を連れてくるべきだったな」

「三柱も神が集っておきながら、焚き火ひとつできないとは情けない」

「菅原、生前はどうしていたんだ？」

「平安貴族は自分で火熾こしはしないので……」

「ボンボンめ！」

公卿とはいえ、弱小貴族だったのだが、そんなことを言っても通じはしまい。

「まぁ、ここ一世紀はマッチがあったからなあ。俺もすっかり感覚がなくなっとる」

「神代《かみよ》はどうされていたんですか？」

「そこはアレだ。火の神が通りかかった時にくしゃみして貰うのよ。ただ雨が降っても消えんから、始末が大変だがな」

それから暫く、必死にシュカシュカ擦ってみたが、一向に火がつかぬまま、辺りがすっかり暗くなってしまった。山間の闇というのは凄まじく、伸ばした自分の指先さえ判然としない。

「もう嫌だ。帰りたい」

「弱音を吐くな！」

「珈琲がないと、力が出ません……」

「アン◯ンマンみたいな神だな」

ぎゃあぎゃあと暗闇の中で喚いていると、不意に頭上から眩い光が差し込んできた。次いで腹の底に響き渡るような爆音がドゴドゴドゴと近づいてくる。それは巨大な空飛ぶ三輪のバイクで、器用に木立の間を縫うように降りてくると、我々の少し先に堂々と着陸した。

「おお、ハーレーだ、ハーレー。フリーウィーラーじゃないか？」

興奮した様子でえびすが声をあげる。

「ん？」

鋼鉄の愛馬に跨がる、あの大天狗には見覚えがあった。

「大山《おおやま》武蔵坊《むさしぼう》様では？」

ヘルメットを脱ぐと、活気に溢れた中年の男性がこちらを見て驚いたように破顔した。

「むむ？　おお、菅原公ではありませんか。やぁやぁ、ご無沙汰しておりましたな」

遠雷のようなバリトンボイス。颯爽とバイクを降りると、ブーツの底を鳴らしてこちらへ歩み寄った。その背中には一対の大きな翼があり、歩くたびにみるみる身体の中へと消えていくのが分かった。

「関東からバイクで九州までいらしたんですか？」

「愛車で旅に出ようと急に思い立ちましてな。全国のキャンプ場を行脚しておりました。まぁ、行脚と申しましてもバイクですが」

がはは、と豪快に笑う大天狗の姿に他の二人が呆気に取られている。

「紹介しよう。こちらは大天狗の大山武蔵坊様」

「どうもどうも。今は武蔵国で金属加工の会社を経営しておりましてな。つまり天狗業は副業ですな。何しろ昨今、天狗業は儲かりませんから。わっはっはー」

呵呵大笑《かかたいしょう》する大天狗の姿に、二人は圧倒されている。無理もない。大山武蔵坊様といえば、かの鞍馬《くらま》天狗《てんぐ》様の朋友であり、源義経《みなもとのよしつね》の修行にも加わったとされる方だ。信心深く、旅好きでいらっしゃるので全国の山々や社へふらりと現れては、不埒《ふらち》者を叩きのめしてSNSへあげるという。

「しかし、菅原公がキャンプとは意外ですな。お好きとあれば、あちこちへお誘い申し上げましたのに」

「いえ、実はやむにやまれぬ事情がありまして」

かくかくしかじかと事情を説明すると、大山武蔵坊《おおやまむさしぼう》様はその分厚い胸板をドンと叩いた。

「私にお任せあれ。なに、こう見えて実は野遊びは得意でしてな」

どう見ても野遊びが得意そうな大山武蔵坊様は、腰から小刀のような立派なナイフを引き抜くと、細い薪を薄く羽毛のように削いでいく。

「これはフェザースティックと言いましてな。こういうものを先に作っておくと火の点きが良いのです。いきなり太い薪には点きませぬ。あとは火口《ほくち》となるようなものを。ええと、麻紐がありますな。こちらをこう解いて」

手慣れた様子で勢いよくメタルマッチを擦ると、先ほどの私たちの時とは打って変わって大きな火花がこぼれ落ちた。火はほぐされた麻紐に引火し、少しずつ大きくなりながらフェザースティックに火を点け、そこへ細めの枝を放り込んでいくと、あっという間に大きな焚き火となった。

おお、と感嘆の声があがる。メラメラと立ち昇る炎によって、辺りがじんわりと明るく照らされていく。遺伝子に刻まれた太古の昔の記憶か、言葉にならぬほど安堵した。

「要は慣れです。あとは火が消えぬように、時折こうして薪を放ってあげればいい。どうです、簡単でしょう」

「何から何まで申し訳ありません」

「お役に立てたなら光栄です。他に何か手伝えることは？」

分別のある神ならば、ここで謝辞を述べてあとのことは自力でなんとかします、とのたまうのだろうが、テントも設営できぬまま地面の上に寝袋を直置きして眠りにつくような真似だけは避けたい。

「じ、実はテントの設営もままならず……」

ペグをなんらかの神事のように辺りに突き刺したまま放置している様子を見て、きっと私たちの実力は露見しただろう。

「初心者にこのタイプのテントの設営は難しいでしょう。分かりました。お手伝い致しますので、まずはそちらのシートを敷いていきましょう」

こうして、偉大なる大天狗、大山武蔵坊様によってどうにかこうにか焚き火とテントを手に入れたのだった。

テントの設営が終わると、大山武蔵坊様は少し離れた区画へと向かっていった。そうしてテキパキとテントを設け、火を熾こし、椅子に腰かける。その様子は孤独を愛する、いかにもダンディなスタイルであった。

「さぁ、私たちもコーヒーでも呑んで一息つきましょう」

そうだ。我々には珈琲豆の神がついている。最高のシチュエーションではないか。

珈琲豆の神は手慣れた様子でヤカンに水を注ぎ、焚き火の上に置く。水が沸くまでに豆を丁寧に挽いていく。私は珈琲にそれほど詳しくはないが、焙煎された珈琲豆のかぐわしい香りが心地いい。

「うーん、良い香りだ。今度、魚釣りについてきて貰えませんか？」

「ええ。勿論ですとも」

コーヒーミルのハンドルを回せば回すほど、珈琲豆の香りは際限なく増していくように感じられた。鼻をくすぐる香気が、もはや暴力的と言っていいほどの魅力に溢れていた。端的にいえば、腹が減った。咽喉が乾いて仕方がない。腹の虫が獰猛な唸り声を発し、喉が砂漠のように渇いた。

「ま、まだでしょうか？」

「慌ててはいけません。ゆっくりと丁寧に。珈琲豆、その一粒一粒に最高の働きをして貰わなければ意味がありません。最高の一杯を淹れる為には妥協は一切許されないのです！」

途轍《とてつ》もない矜恃を持っているのは分かる。しかし、この悪魔じみた香りをどうにかしては貰えないだろうか。魚釣りの神などは、血が出るほど強く唇を噛み締めているではないか。

「丁寧に、丁寧に」

ああもう限界だ。頭がおかしくなりそうだ。もうお湯なんてどうでもいいから、豆そのままに齧り付いてしまいたい。あとからお湯を飲めば腹の中で珈琲になるではないか。

「うう、ううううう」

「ぐるる、るるる」

しかし、この飢餓にも似た空腹に懸命に堪える私たちを他所《よそ》に、お湯は一向に沸かない。早く沸けとばかりに二人で薪を放り込み、轟々と火柱があがる様子はもはや焚き火というよりもキャンプファイヤーとでもいうべきだろう。

「ようやく湯が沸いたようですね。しかし、これでは熱過ぎます。珈琲を熱湯で淹れるというのは誤りです。正しい温度でなければ風味が飛んでしまいます」

風味よりも先に、私たちの意識が飛びそうだ。えびすが服の袖を食べ始めているのを見て、私はそろそろ限界が近いことを知った。神の淹れる珈琲がこれほどのものとは思わなかった。正直、甘く見ていた。

珈琲豆に適温となったお湯が、焦れったいほどに少しずつ、ごく僅かに注がれていく。フイルターを通して珈琲が抽出されていく度、凄まじい香気が辺りに広がった。

「一度に注いでは全てご破算。急いては事を仕損じると申しますが、正にその通り。ここで焦ってはいけません。どうですか？　素晴らしい香りでしょう」

それどころではない。こちらは意識を保つのが精一杯である。

そして、ようやく珈琲がカップへと注がれていく。

「砂糖もミルクも不要です。どうぞ、そのままお呑みください」

手渡されたカップを前に、思わず息を呑む。こんなものを呑んでしまえば、うっかり神去りしてしまうのではなかろうか。

「それでは頂戴します」

止める暇もなく、えびすが飛びつくようにカップを啜る。そして、唐突に解脱したような貌《かお》になった。ありとあらゆる表情が消え失せ、まるで仏のような神々しさがあった。まぁ、インドに行ったことがないので、直接お会いしたことはないが。

「お、美味しい？」

私の問いにゆっくりと頷き、えびすが歓喜の涙を流した。

「美味だとかそういう次元の味わいじゃない。ただただ、素晴らしい」

何を言っているのか、少し分からない。しかし百聞は一見に如かずともいう。ともかく呑んでみなければ始まらない。

「いただきます」

ゆっくりと啜り、珈琲が口の中に広がった瞬間、あまりの味わいに舌がおかしくなったのかと思った。

「お、おお、おおお」

香気が鼻をくすぐるどころか一瞬で突き抜け、脳の奥でよく分からない分泌液がドバドバ溢れ出るのを感じた。恍惚感と万能感が怒涛のように押し寄せ、脳裏でパチパチと光が弾け、余韻の奥で珈琲豆の味がそそと通り過ぎていった。

「こ、これは、本当に珈琲豆しか入っていないのですか？　なんというか、こう麻薬的なものが入っているのでは？」

「まさか。混じりっ気なしのグアテマラ産の珈琲豆です。まぁ、すこーしだけ神気《しんき》を織り交ぜて抽出していますが」

なんたることか。かなり混じりっ気がしないでもないが、この味は今まで味わったことがない。まさに天下無双である。

「いや、でも確かに美味しいです。こう癖になる味わいですね」

「ああ、とにかく素晴らしい。さすがは珈琲豆の神」

黒光りする顔で、にかり、と彼は笑う。

「喜んで頂けて光栄です。大天狗様にもお裾分けして参りますね」

そうですね、と返そうとしてコンテナの中身が視界に入った。各種アウトドア用品の数々が所狭しと入っているが、何かおかしい。違和感の正体はすぐに分かった。

「まさか」

コンテナの中身をとにかく外に放り出す。おかしいと思ってはいたのだ。だが、今の今まで失念していた。それどころではなかったからだ。

あまりの衝撃的真実に私は膝を折らずにはおれなかった。叫び出さずにいられたのは、偏《ひとえ》に極度の空腹からである。

「ど、どうした？」

「菅原様、如何なさったのです？」

私は震える膝を叱咤しながら立ち上がり、コンテナを指差した。

「ないんだ」

「何が」

「食材が、ない」

一瞬、二人が硬直し、次いで膝から崩れ落ちた。それでも手に持ったポットを少しも傾けなかったのは、さすがは珈琲豆の神である。

　致命的なミスである。いや、そもそも最初に確認しておくべきだった。誰も買い物袋を持っていないのだから。

「そういえば、食材を買ってくるのは少彦名命《すくなひこなのみこと》様でしたね。ああ、そうか。おトイレに神去りなさってしまったから買い出しがそもそもできていなかったのですね」

「盲点でした。テントや焚き火に気を取られていましたからね。ああ、我が身を呪いたい」

「やめい。お前が落ち込むと雷雲が出て天気が悪くなるだろ。仕方ないわい」

　意気消沈してしまった我々の視界の先、そこへ自然と足が向いた。

　無言で息を殺して、林の木々の合間から盗み見るようにして、大山武蔵坊《おおやまむさしぼう》様のキャンプ区画を見やる。

　なんだか恐ろしく洗練された焚き火台、その隣には小さな丸い子豚のような薪ストーブがある。ストーブの上で焼かれているのはなんとも分厚いステーキで、それをナイフで豪快に切り分けるとモグモグと楽しそうに食べている。椅子に深く腰かけると、小型のテーブルの上に置かれた清酒をグビリと流し込むのが見えた。

　肉と酒で最高の夜を楽しんでいるのを、木陰の闇から窺い見ている自分たちがなんとも情けない。

ぐぅぐぅと腹の虫が鳴いた。私も泣きたい。

「おい、見ろ」

えびすが潜めた声で示した先にあるものを、私たちは見逃さなかった。

食糧袋だろう。そこから覗く、複数のカップ麺の姿に我々は光を見た気がした。これは天命である。恥を偲んで事情を説明し、あれにあるカップ麺を分け与えて貰う他に道はない。

しかし、あれほど完成された男の浪漫を凝縮した世界に、軽々に足を踏み入れるのは憚られた。仮にも我ら三柱は神であり、神徳や加護を与える役割がある。手を差し伸べることこそあれ、その逆というのは、たとえ同業者相手であっても気がひける。

「菅原様、まずは私の珈琲を持参して糸口を探しましょう。その流れで事情を説明することができれば、食糧を分けて貰うことも叶う筈」

「珈琲豆の神様。貴方が来てくださっていて本当に良かった。心からお礼申し上げます」

彼がもし来ていなければ、私たちは二人で何もできぬまま、この木立の陰で途方に暮れていただろう。いや、更にいえば大山武蔵坊《おおやまむさしぼう》様と偶然ここで巡り逢えていなければ、私と魚釣りの神は空腹のまま、火も熾こせず、テントも建てられずにいたに違いない。真っ暗闇の中、テントの残骸の中に身を隠していたのかと思うとゾッとした。

私たちは一度、自分たちのテントへと戻り、新しい珈琲を一から用意することにした。折角であれば淹れたてをお持ちしたい。

そうして準備を整えて、私たちはいかにも『食後に美味しい珈琲をお持ちしただけです。他意はありません』という空気を醸し出し、大山武蔵坊様のテントへと足早に直行した。お腹が減り過ぎて最早痛い。

「大山武蔵坊様」

私が声をかけると、ちょうどお食事を終えて焚き火の炎を眺めていらっしゃる所だった。

「おお、こちらに顔を出して頂けるとは面目ない」

「いえ、先ほどはありがとうございました。実は先ほどのお礼というのもなんなのですが、こちらの珈琲を司る神が淹れてくださった、最高の珈琲をお持ちしました」

「おお！　これはご丁寧にどうも」

いや、申し訳ない、と大天狗は軽やかに立ち上がり、差し出された珈琲に口をつけた。そうして、おお、と感嘆の声をあげられた。

「なんとなんと！　いやはや、これは凄い。珈琲とはこれほどのものでありましたか」

「私も初めて神の淹れる珈琲というのを口にしましたが、筆舌に尽くし難いものがありますね」

当たり障りのない会話をしながら、いつカップ麺の話に持っていったものかと思案するが、あまりの空腹に脳味噌がうまく回らない。常時ならばレーシングカーのエンジンもかくやというほどの回転力を誇る我が脳が、今はハムスターボールのような有様となっていた。痺れを切らしたえびすが肘でせっついてくるのも鬱陶しい。

「いや、もう少し早くお越し頂けたら何かご馳走できたのですが。生憎、天狗ひとりの気ままな旅なものですから。無骨に肉を焼いて酒を食らうばかりでして」

「いえいえ、お気になさらず！」

こういう時に謙遜してみせるのは、最早我が国のお家芸であるだろう。咽喉から手が出るほど欲していても、決してがっついてはいけない。人には分別があり、礼節がある。矜持もまた然り。

しかし、その時、ついに私の腹の虫の堪忍袋の緒が切れた。

ぐるるるるるるるる、ぎゅぅうううう、ぐぉおおおるるるるる。

遠雷ともいうべき腹の音が闇夜の山野に響き渡った。今頃、本殿の狛犬たちが何事かと空を見上げているに違いない。

「……菅原様。もしや、お腹が空いていらっしゃるのでは？」

「実は、かくかくしかじかで食糧がなく、途方に暮れておりました」

後ろの二人が私と同じく肩を落とす。

「ははは。それならそうと、すぐに言って頂けたら良かったのに。水臭いことを仰らないでください。しかし、大したものがないのです。ああ、そういえば非常食のカップ麺がありますな。こんなものでも宜しいですか？」

「ありがたく頂戴します！」

こうして、我々三柱は今夜の食事にありつくことができた。

「こんなものしかご用意できず、申し訳ない」

大山武蔵坊《おおやまむさしぼう》様はそう繰り返し仰っていたが、極度の空腹を抱え待つカップ麺というのは途轍もない魅力に溢れていた。焚き火にかけられたケトルが湯を沸かし、炎の気をたっぷりと含んだ熱湯がカップ麺に注がれていく。三分を待つ間に、カップ麺の醤油、シーフード、カレー味を決める壮絶なジャンケンがあり、私は勝負を制して待望の醤油味を手に入れた。

「いただきます」

手を合わせ、黙祷する。

付属のプラスチックのフォークを手に取り、蓋を外すと湯気と共に立ち昇る食欲を掻き立てる香りに腹の虫がまた、ぐう、と鳴った。

熱いスープへフゥフゥと息を吹きかけ、麺を一気に啜る。あまりの美味さと満足感に言葉が出ない。あとはもう器の底が見えるまで、一息にむさぼり食べるばかりである。そうして汁の最後の一滴まで呑み干して、手を合わせると自然と涙が出た。

「ご馳走様でした」

どうしてこう、真夜中に外で食べるカップ麺は美味いのだろうか。

焚き火の向こうから、大天狗が笑顔で酒器を渡してくれた。琥珀色の液体をぐびり、と呑むと香ばしい香りのする極上のブランデーであった。

「おお、これはキツい」

「最近はもっぱらこればかりでしてな」

夜空を見上げると、満天の星が見える。これほど多くの星々を見たのはいつ以来だろうか。人の暮らす街の光の中では決して見ることのできない星空に溜息がこぼれた。

なるほど、確かにキャンプも良いものだ。

「さぁ、みな様。交友を深めるべく、焚き火を前に酒を汲み交わし、存分に語り合う。キャンプの醍醐味はここからですぞ」

こうして、ようやく神々の宴は始まったのだった。

秋の章　一　天地神明

太宰府天満宮の境内には二つの赤い橋が池の上にかかっており、この橋をカップルで渡ると必ず別れてしまうという、なんとも迷信じみた噂が福岡県にはある。

祀られている当人である私、菅原道真からすれば全く根も葉もない噂であると断言できる。誰だ、最初にそのようなことを言い出した不埒者は。そもそも年間八百万人以上もの人間が参拝にやってくるのだから、別れてしまうカップルとて相当数いる。割合でいけば、結婚までスムーズに進む方が少ないだろう。

私は勉学の神、広義には文化の神として祀られているが、恋愛成就を願う者も多い。

私とて生前、平安の世には恋の和歌を送り合ったことがある。返歌の内容に一喜一憂し、身悶えをしたものだ。恋を実らせんとする想いをどうして無下にできるだろうか。いや、中には縁切りを得意とする神々もおられるが、それとて良い縁と結ぶために切っているのだ。

この国に暮らす万人が良縁に恵まれ、実りある人生となるよう御神徳を与えるのが八百万《やおよろず》の神々の勤めだ。

さて、毎年十月になると、この国の八百万《やおよろず》の神々は出雲へと向かう。出雲大社の大国主命様の下へ集まり、人々の縁を結ぶ為に喧々諤々《けんけんがくがく》の大論争を繰り広げるのだ。ついでに翌年のことを幾つか決めて、更についでに連日連夜に渡って酒宴を開く。正味の話この『ついでのついで』の為に集まっていると言っても過言ではない。ちなみに、主神たる天照大御神《あまてらすおおみかみ》様は伊勢神宮の内宮を易々とは離れられないのでご出席なさることは滅多にない。縁結びはどうやらもっぱら国津神《くにつかみ》の神事であるらしい。

その歴史は案外浅く、平安時代に大国主命《おおくにぬしのみこと》様が「やっぱり年に一度くらいは集まらないと、みんなお互いの顔を忘れるから」という理由で始めたのが起源らしい。私が初めて参上したのが第何回の神在月だったたか。雷を御所に落としたことをお歴々から叱られたのは苦い思い出だ。返す言葉もなく、ひたすらに反省した。

ともかく、そうした理由から全国の国津神が出雲へ集まるので、出雲以外の地域は十月を神無月《かんなづき》と呼び、出雲だけが神在月と呼ぶようになった。天津神《あまつかみ》は参上したり、しなかったりである。毎年必ずやって来られるのは宇迦之御魂《うかのみたま》様くらいだろうか。とにかく周囲が気を遣うので、酒を呑むのに非常に居心地が良いのだという。

そういう訳で、今年も出雲へ行かねばならない。

この時期、出雲への公共交通機関は神々によってほぼパンクしてしまう。飛行機を使えるのは航空会社の株主になっている神々くらいのもので、私のように株も人脈も持たぬ神は他の手段を講じなければならない。

去年は福岡で仲の良い神々と一緒に大きなレンタカーを借りていったのだが、途中で炭酸水の神が車に酔って吐いたり、えびすが貰いゲロをしたりして大騒ぎになり、到着する頃にはすっかり疲れてしまった。

散々悩んだ挙句、結局新幹線で赴くことにした。果たしてチケットを確保できるのか不安があったが、懇意にしているインターネットの神に電子チケットを格安で取って貰えたのは幸運だった。

しかし、なぜその指定席を宇迦之御魂様の隣に取ってしまうのか。

私が博多駅の新幹線乗り場で、そのお姿を見かけた時から、うっすらと嫌な予感はあったのだ。限定銘菓の列に並んでいて、目の前でちょうど売り切れる未来が感じられるような、そんな予感。

それは、新幹線の通路で見事に的中した。

「菅原よ。わしは窓際がよい」

開口一番、挨拶もなくそう言われて、私はもう全てを諦めた。

「……御意」

宇迦之御魂《うかのみたま》様の隣、通路側の席に腰を下ろす。見た目は厳しい顔をした老人だが、天津神《あまつかみ》の中でも特に尊いとされ、稲穂に宿る神霊、食物つまりは豊穣を司る。ちなみに大国主命《おおくにぬしのみこと》様に「出雲へ神々が集まるのは十月とせよ」とお決めになられたのも宇迦之御魂様である。稲刈が終わった直後でなければ氏子たちに迷惑がかかるという配慮である。つくづく米作りが根幹となっている国だ。

「うむ。今年ももう出雲へ赴く頃となったか。一年が早くてかなわぬわ」

「光陰矢の如し、ですか」

「神代の時からおるからのう。矢というよりも、もはや銃弾じゃやな」

光陰弾丸の如し。速さよりも威力の方が気にかかる言葉だ。

「さて、まずは乾杯しようかの」

あれを持て、と後ろへ声をかけると、通路からひとりの若者がやってきた。えらくパンクなジャケット姿の青年だが、その整った顔立ちには見覚えがあった。

「どうも、菅原様。ご無沙汰しております」

「ああ、狛狐の。ええと、今は尾瀬さんと名乗っていらっしゃるんでしたよね」

太宰府天満宮の領内にある開闢稲荷社、その一対の狛狐の右に座すのが彼だ。

「はい。今回、旅のお供をさせて頂くことになりました」

「大変ですね、こんな時まで」

「何が大変なものか。誉れよ。そら、酒と酒器を出さぬか」

「はい。どうぞ、こちらを」

「うむ」

宇迦之御魂様は小さな鞄を受け取ると、嬉しそうにいそいそと中から博多織のテーブルクロスを取り出し、座席の脇から引き出したテーブルへと恭しくかける。

「ほれ。こちらがおぬしの分じゃ。自分でかけよ」

「ありがとうございます。随分、本格的ですね」

「ふふ。最近、動画配信なんたらにハマってのう。ドラマだのなんだのと時間潰しに使うてやっておるのよ。南蛮やら他所の国のものも見ることができてな。これがなかなかに悪うない」

「悪うない、ですか」

素直に褒めれば良いのに。

「その中に、なるほどこれは良いと思わせるものがあっての。この機会に試してみるのも一興と用意をさせたのだ。なに、ひとりでやるのもつまらぬ故、おぬしを隣に座らせるよう命じておったのだ」

感謝せい、と嬉しそうに仰るので何も言えない。

「御相伴させて頂きます」

「よしよし。ほれ、箸と盃」

クロスの上に箸置きを置いて、箸を並べる。螺鈿細工の見事な箸だ。

「これ、うちの参道で売っているものではありませんか？」

「よう気づいた。ころころとした愛嬌のある小娘が売り子をしておっての。やぶさかではないので買うてやった。あやつのせいで箸ばかり増えおる。気に入ったなら持って帰れ」

「では、遠慮なく。ああ、この盃もいいですね」

しっとりとした地肌に白い象嵌《ぞうがん》が美しい。梅の花弁を模した、美しい焼き物だった。こういう土地の土と火を感じるものはいい。

「大陸から博多へやってきた先祖と縁があっての。その末裔が肥後に窯を開いておって、これがまた良いものを作りおる。たまに八代まで買い付けに出向くのがまた楽しみでな」

店の方も、まさかこの年寄りが神だなどとは夢にも思うまい。

「そのご先祖と縁を結んだのは、いつ頃のお話で？」

「ううむ。確か豊臣のなんたらがどうのこうのしておった頃かの」

四百年前から続く縁を未だにこうして愛しているというのが、いかにもこの御方らしい。

「よしよし。なかなかに乙な光景ではないか」

博多織の上に並ぶ美しい酒器に箸。職人が手がけ、魂の籠もった逸品が揃っている様はなんとも見ていて心が弾む。

「では、まずはこれを先付としようぞ」

焼物の皿を並べ、その上に柿色の乾燥した何かが置かれる。

「カラスミ……ではありませんよね？」

「明太子よ。好きであろう？　熟成して乾燥しておるが、これが酒の肴によいのだ。さて、酒は日本酒で良いな」

黒く細長い、コジャレた酒瓶の蓋を開けると、そのまま私の酒器へ注ごうとなさるので思わず盃を手に取って逸らしてしまった。

「何をする」

「宇迦之御魂《うかのみたま》様から酌をして頂く訳にはいきません。私がお酌いたします」

「堅いことを申すな。無礼講じゃ。さぁ、盃を出さぬか」

「しかし」

「良いと申しておる。そら」

これ以上、固辞すると機嫌を損ねてしまうだろう。

「では、ありがたく」

盃に黄金色のとろりとした酒が注がれていく。口にするまでもなく、これがいつも呑んでおられるものではない、人の手で醸したものだと分かった。

「糸島《いとしま》のある酒蔵の逸品よ。大吟醸の十年古酒を用いた梅酒じゃ。味わってみるがいい」

「頂戴します」

梅の盃に注がれた梅酒をゆっくりと口に含め、味わう。深く濃厚な味わいに花の甘味と僅かな酸味が広がり、思わず口元が緩んでしまった。

「これは、美味しい」

「そうだろう、そうだろう。よくも人の手でこれほどのものを醸したものよ。最近はもっぱらこればかり呑んでおる」

「いや、本当に美味しい。どうぞ、お酌致します」

うむ、といつになく楽しげな宇迦之御魂《うかのみたま》様の盃に梅酒を注ぐと、くいっと一息に勢いよく呑み干した。それから追いかけるように先ほどの乾燥した明太子を口に頬張り、肩を震わせて笑った。

「堪らんな。流れていく景色を眺めながら、酒と肴に舌鼓を打つのは」

私も真似して酒を一口呑んでから、明太子を頬張ると乾燥した堅い食感に、濃厚な旨味と辛味が滲み出るように広がっていく。甘いものとしょっぱいものが合わない訳はない。

「この組み合わせは、少しズルいですね」

「ふふ。幾つになろうと美味いものを味わう喜びは変わらぬな。まだまだ酒の肴は買い揃えてある。出雲までゆるりと楽しもうぞ」

「こんなに沢山、買い揃えるのも大変だったでしょう」

「博多駅で全て揃うわい。それに大国主への土産も買わねばならんかったからの」

どちらが主だったのかは、敢えて問うまい。

「人の縁を結ぶは、神々の誉れよ」

盃を傾けながら、宇迦之御魂様がしみじみと呟く。

「ええ。かつてそう心構えを教えて頂いたこと。よく覚えておりますよ」

人は生まれた土地で宮参りをする。土地神に健やかな成長と加護を祈り、土地神もまた氏子を守らんと四方八方手を尽くす。成長して土地を離れれば、新たな土地の神に便りを出して加護を願い、御神徳を賜ることができるよう一筆したためる。とはいえ、神々に許されているのは、どれも直接的なものではない。ほんの些細で、わずかなものばかりだ。気づく者など殆どいない。

しかし、神々は全ての氏子が健やかであるよう祈らぬ日はない。

「うむ。より良い縁を結ぶことで、この世もまた良い方へと流れてゆくものだ。我らが結んだ縁を敬い、どう活かすかは当人の意思次第じゃが、悪縁奇縁と結びつける訳にはいくまいぞ」

人の縁とは、撚り合わせた糸のようなものだ。それらが複雑に絡み合い、ほつれたり、繋がったりするのが人の世の有様なのだ。

「勿論です。妥協する訳にはいきません」

「うむ。その意気ぞ」

盃を掲げ、私たちはそれを一息に飲み干した。


博多から出雲までの道程は長かった。

新幹線が通っているのは博多駅から新山口駅まで。そこから先は特急列車に乗り換えねばならず、博多から三十分程度でテーブルに広げた諸々を片付けて、特急列車でもう一度宴を開かねばならなかった。新山口駅から出雲市駅まではおよそ三時間強。合計、四時間余りの旅路となった。

出雲市駅のホームに降り立った時、既に私と宇迦之御魂《うかのみたま》様はすっかりでき上がってしまい、赤ら顔でふらふらとベンチへ座り込むと、ふわふわとした心持ちで何が何やら分からなくなっていた。私ともあろうものが、前後不覚に陥るとはなんてことだ。

「呑み過ぎです。お水を買ってきました。ほら、お二人とも、お気を確かに」

「尾瀬さん。すいません。ご迷惑をおかけしてしまって。ですが、かなりよくなってきました」

「菅原様。それは時刻表です。私はこちらですよ」

「それは、失礼」

必死に意識を保とうとするが、普段の疲れもあるせいか、瞼を閉じたら今にも眠ってしまいそうだ。四時間も呑み続ければ誰でもこうなる。本番前に論争を繰り広げてなんになるというのか。

「たわけ。菅原、たわけぇ」

たわけたわけ、と震える声で連呼している宇迦之御魂様は、今にもホームへ気炎を吐こうとしていらっしゃる。おそらくは気炎は出てこず、代わりのものがホームに撒き散らされるであろうことが容易に想像がついた。

「まだ昼を回ったばかりだというのに。いくら何でも羽目を外して呑み過ぎですよ。お二人とも」

仰る通り。良い歳をして、こんな酔い方をしてしまうとは。

しかし、私たちの他にもホームのあちこちに生まれたての子鹿のように膝を震わせながら、千鳥足の老若男女が幾人かいる。よく見れば誰も彼も見覚えのある顔ばかりで、どうやら羽目を外した神々は私たちだけではなかったらしい。青白い顔をして頰を膨らませているが、今の私にはまるで笑えなかった。

「うぅ、吐きそう」

「菅原様。どうかトイレまでお待ちを。ああもう、先生もしゃがみ込まないでください」

「たわけぇ、たわけぇ」

尾瀬さんに肩を貸して貰いながら、どうにか立ち上がり、改札を潜ってタクシー乗り場へと急ぐ。タクシーの待合所には全国から集まった神々が列をなしていた。誰も彼もすっかり酔っ払っていて、顔色が赤かったり青かったりしている。中には仰向けに倒れたまま微動だにしない方までいて、やや心配になった。

「大丈夫ですよ。神使がついておりますでしょうから」

「私のように連れてきていないかも知れませんよ」

「見たところ古い名のある神のようですから、大丈夫でしょう。昔は多くの神使を伴うのが流行りだったじゃありませんか」

「そうでしたか？」

「菅原様も静殿《しずか》を出雲へお連れになったことがあったでしょう」

「思い出しました。静があまりにも疲れてしまったので、同行させぬようにしたのでした」

「鷽《うそ》は小さな鳥ですからね」

ようやく自分たちの順番が回ってくると、今にも息絶えてしまいそうな足取りで宇迦之御《うかのみ》魂《たま》様が後部座席の奥へと座り、私が手前に座る。助手席に座った尾瀬さんが慣れた様子でタクシーの運転手に会場の場所を説明していた。

神々は出雲に集うが、出雲大社にぞろぞろと入っていけば大変なことになる。なんのデモが始まるのかとテレビ局が駆けつけ、見かけた人々がすぐにSNSにアップするに違いない。

そうした事態を避ける為、神々は事情を知る人間たちが経営する宿や料亭にそれぞれ集まることになっている。残念ながら、そういう家は年々数が減ってきており、中には事情も知らないまま、店を貸し出しているところも少なくない。

旅籠《はたご》『白兎《しろうさぎ》』は代々、神在月の神を迎え入れてきた由緒正しい国津神《くにつかみ》御用達の宿である。

「ようこそ、お越しくださいました」

三つ指をついて迎えてくれたのは、外見は宇迦之御魂様と同じくらい高齢の女性である。

鶯《うぐいす》色の着物に身を包み、温和に微笑む姿は子どもの頃と何ひとつ変わっていない。美佳子《みかこ》さんは御歳八十を超えている大女将だ。

「一年ぶりですね。今年もお世話になります」

「尾瀬様もお変わりなく。肝心のお二人は顔色がすぐれないようですが、大丈夫でしょうか？」

「ああ、ただのお酒の呑み過ぎですから。お気になさらず。他の皆様は？」

「もう既にお座敷へ入られましてございます」

赤と青が仲良く並んだ信号機のような顔色の我々は満足に言葉を発することもできないまま、宿の奥へと進んでいく。あとで美佳子さんにお土産に持ってきた『きくち』の梅ヶ枝餅を渡さなければ。

廊下を奥へ進んでいくと、その座敷はある。一見するとなんの変哲もない障子を引くと、光が弾けるように溢れ返った。光の先にあるのは途方もなく広大な座敷。千畳敷どころの話ではない。この障子は大国主命様の大座敷へと繋がっているのだ。

「では、ご武運《ぶうん》を」

一歩、敷居を跨ぐとすっかり酒気が払われて消えた。酔ったまま縁結びを行うことなど許される筈がない。雅楽の調べがうっすらと白く煙る天井から聞こえてくる。

「それにしても、何度見ても途轍もない数の神々ですね。大晦日の夜の参道のようです」

「ふん。地元で留守神をしておる者たちも集まれば、もっと大勢になるだろうよ」

観光気分はこれまで。氏子の為に良縁を掴み取らねばならない。

「菅原よ。せいぜい気張るが良い。わしはいつもの如く、揉めておる者どもを調停して回らねばならぬ。大国主と積もる話もあるのでな。気にかけてやる暇はないぞ」

「承知しております」

扇を広げながら去っていく宇迦之御魂《うかのみたま》様に一礼して、私も激しい論争の巻き起こっている輪の中へと突撃する。普段は疲労困憊で寝不足な私でも、この時ばかりは奥歯を食いしばり、雷を迸らせながら荒ぶる天神と化すのだ。

恋愛とは闘いであり、集う場所は戦場になるという。しかし、その加護を与えんとする神々もまた戦いに身を投じているのだということを忘れないでいて欲しい。

⁂

一ヶ月近くに及ぶ大論争の果てに、神在月の縁結びは終わりを迎えた。連日連夜の論争と酒宴によって神々の疲労は肉体の限界を越え、あちこちで神去ることになった者が続出したが、私は今年もどうにか耐えきった。

燃え滓《かす》のような有様で白兎の宿へ戻り、布団に横になるとそのまま昏倒し、気がつけばとっくに十一月に入っていた。宇迦之御魂《うかのみたま》様は神事が終わると早々に太宰府へ戻られたようで、私が留守の間の太宰府を気にかけてくださっているのだろう。天津甘栗を土産に買って帰らねばなるまい。

鏡に映る自分は髪まで真っ白になってしまっていた。おまけに愛用の眼鏡の片方のレンズがいつの間にかなくなっている。おそらくは神功皇后《じんぐうこうごう》様と揉み合いになった際に踏まれてしまったのだろう。枕元には何処かの神の頭から毟り取った羽根が散らばっていたが、まるで覚えがない。

欠伸をすれば、まだ口の端から小さな雷が飛び、口の中が酷く痺れた。

結局、髪の毛に色が戻るほど霊力が回復したのは十日と少しばかり過ぎた頃で、世話になった美佳子さんに御礼を述べてから宿を後にした。留守神をしている静に島根銘菓の源氏巻をお土産に頼まれていたのを思い出し、なんとか駅で買い求めることができたが、とても持ち帰るような余裕はなかったので郵便で送ることにした。

ふらふらと特急列車の指定席に腰かけると、即座に意識を失った。来年は多少目立っても良いので牛車で空を駆けようかと思案する。

どうにか太宰府に帰り着いたのは、お昼を少し過ぎた頃。大家さんに住民票を出すように言われていたのを思い出し、そのまま市役所へと向かうと、何やら大勢の人々が同じ方向へと進んでいくのを見かけた。誰も彼もがワクワクとした様子で、いかにも他所の土地から来た者ばかりのようだ。

「はて。何か大きな催しでもあったかな」

先月の祭事は終わっているし、今月の祭事はまだ先の筈だ。頭を捻るが、まだどこかぼんやりとしているせいか何も思い出せない。

不意に、ツバ付きのニット帽を被った眼鏡の男性と目が合った。私が会釈をすると、男性もにこりと会釈を返してくれる。私はそのまま市役所の方へ。彼は図書館に併設された公民館へと入っていった。見れば何やらイベントがあるようだ。

見覚えのない顔の筈だが、なんとも不思議な心持ちがした。どこかで縁が結ばれたのか、もしかすると何処かの神かも知れぬ。

大勢の人々が、強く結ばれた縁に集っていくのを感じる。

遠く宝満山が紅く色づいている。

風は季節を運び、年月は巡る。

人々は縁に導かれ、より良い縁とまた結ばれるだろう。

その些細な、しかし何よりも尊いものを誇りに、私は今日もまた参拝者の願いに耳を傾けるのだ。

秋の章　二　秋思御衣

秋といえば、読書の秋である。

食欲の秋、芸術の秋という者もいるだろうが、やはり元文章博士《もんじょうはかせ》としては文学を推したい。

参拝にやってくる大勢の請願や祈願に日々奔走する一方で、寸暇を見つけては部屋の片隅に積んだ本を手に取って読書に耽る。現実逃避だという者もいるだろうが、現実と改めて向き合う為に本の頁をめくり、小説の世界で羽を休めるのである。

生前から様々な書物を読んだものだが、それらはどちらかというと現代でいうところの実用書であり、趣味というよりも勉学の為に読んでいたという側面が強い。当時は唐の国が文化的にもアジアの中心であった為、書物のほとんどは唐の国から伝来したものだ。

平安の世より、千年。現代はあらゆる場所で文事が花開いていた。特に小説、大衆に向けた物語の発展には目を見張るものがある。

本来、私は本の虫である。詩歌も愛するが、同様に読書も好む。純文学から大衆文学まで好き嫌いはしない。

それゆえに、図書館には週に二度は通っている。

太宰府市五条の自宅から徒歩数分、御笠川沿いの市民図書館はそれほど大きな施設ではないが、蔵書も充分で展示の仕方が巧い。思わず手に取りたくなるのだ。

今日も市役所の帰りに図書館へ寄り、思わず本を手に取ってしまった。

「おお、これは！」

最近、出たばかりのシリーズ物の新刊で、発売を心待ちにしていたものだった。三年に一巻くらいのペースなので、さんざん焦らされて期待も高まっている。

「ダメだ。もう我慢できない」

自宅に戻ってゆっくり読書に耽る筈が、思わず図書館の前にある小さな広場のベンチに腰を下ろして頁をめくってしまった。今日は詩を詠みたくなるような秋晴れで、風も柔らかく過ごしやすい。絶好の読書日和である。

冒頭の一文を目で追いかけた瞬間、物語の中に飛び込んだように没頭した。頭の中で前巻の結びの言葉を思い出しながら、新たな旅の内容を目で追いかけていく。主人公を待ち受ける事態に一喜一憂しながら、時間も忘れて読書に耽った。

これがいけなかった。

気がつくと、最後の頁をめくっていた。じん、と痺れるような読了感があり、次巻への期待がどうしようもなく膨れ上がる。今すぐにでも続きが読みたい、と頭を掻き毟るような衝動を堪えて顔をあげると、辺りはすっかり暗くなっていた。

「え？」

腕時計に目をやると、既に午後七時を回っていた。昼食を終えてから市役所へ行ったので、およそ五時間以上ベンチで読書に没頭していたということになる。急に現実へ戻ってきたことへの戸惑い以上に、自身の置かれた状況が受け入れられない。

携帯電話を見てみると、夥《おびただ》しい数の着信履歴に眩暈がした。図書館にいたのでマナーモードにしていたのが災いした。

血の気が引いていく音がした。今夜は決して外すことのできない大切な約束があったのだ。鞄を肩にかけて大慌てで表通りへと駆けていくと、大勢の人と車が太宰府政庁跡へと列になって向かっていくのが見えた。誰も彼もが楽しげだが、祭りの時とも違う、どこか厳かな空気に満たされている。

「これは、まずい」

見苦しい言い訳になってしまうのだが、私は普段、約束の時間よりもかなり余裕を持って行動している。生前も相手を待たせたことはまずない。常に私は相手を待つ側であり、人の時間を奪うような真似はしたことがなかった。

それだというのに、本というものは誠に恐ろしい。冒頭だけ、と思って文字を追えば瞬く間に意識を奪われて、頁をめくる指が止まらなくなる。物語の展開に一喜一憂しているうちにも、非情にも時は刻一刻と流れていくので、気がつけば浦島某のような心持ちで呆然とする羽目になる。

後悔をしても始まらないが、後悔せずにはいられない。途中で一度でも良いから周囲を見渡すべきであった。

図書館から太宰府政庁跡まで、歩くとそれなりに距離がある。走っていこうにも道が混んでいて、それさえかなわなかった。歩道を埋め尽くす人の群れに流される他はない。

秋思祭《しゅうしさい》。

毎年、秋の夜に太宰府政庁跡にて執り行われる祭神の心を慰める祭りである。屋外に篝火《かがりび》が焚かれ、宮司が祝詞を奏上し、穢れなき巫女が清廉な舞を奉納する。

この「秋思」というのは、生前に宮中で行われた重陽《ちょうよう》の節句の後宴《ごえん》で帝より賜った「秋思」という題に応じて、帝への忠誠心を込めた漢詩を詠んだ折、帝は殊の外お喜びになり、お召になっていた御衣《ぎょい》を賜ったというでき事から来ている。尤も、この直後に時平《ときひら》の謀略によって太宰府へと左遷され、御衣を胸に蟄居《ちっきょ》することになったのだが。

この祭りは大変神秘的である為、近隣の神々も足をお運びになる。酒の肴に丁度よいという訳だ。神々は酒を呑む理由に飢えている。憂さを晴らすような酒は呑めないので、ともかくどんな小さなめでたいことも忘れない。

このことに限らず、八百万《やおよろず》の神々というのはどうにも何事も大らかである。言い方を変えれば雑なのだ。人が設けた神道の儀式は延喜式《えんぎしき》にまとめてあるようにしっかりと定まっているが、神の方はどうかというと「まぁ、だいたいこんな感じじゃない？」とかなりふわふわしている。地域性の違いでは片付けられない、なんともいい加減なところがあった。

そもそも八百万の神々というが、では具体的に何柱の神がいるのかというと、これもよく分からない。天照大御神《あまてらすおおみかみ》様を筆頭に様々な神々がいらっしゃるが、天地開闢《てんちかいびゃく》や国造りの神々を数えると更に多いし、現代にあっても新しい概念や崇敬を集める対象ができると、ポコポコと新しい神が生まれる。名簿を確かめようとしても、眺める度に数が増減するのでよく分からないのだ。

この国は、とにかく神が多い。此処かしこに神々がおわす。天地は言うに及ばず、幼い子どもの使う一本の鉛筆にすら神が宿る。

高天原《たかまがはら》に住まう天津神《あまつかみ》のほとんどは地上へ降りてくることはないが、中には人や国津神《くにつかみ》に混じって地上で生活している方もいらっしゃる。素戔嗚尊《すさのおのみこと》様のように根の国という『どこだよ』というような不思議空間でひとり暮らしをしていらっしゃる方もおわす。常世の国という永劫の黄昏が続く場所も、地上でもなければ黄泉でもない。そんな不思議空間が、きっとまだ沢山あるのだろう。

万事そんな調子なので年に一度しか集まらない。人々の縁だけは決めておこうというふわふわとした基本方針で運営されているがために、毎年喧々諤々の大論争になって紛糾する。氏子の一生を決める話し合いである。熱くならない方がどうかしている。

話が逸れた。

ともかく、祭神が己の神事に遅参しそうになっている。

今頃、太宰府政庁跡には大勢の氏子たちに混じって、開闢稲荷社の宇迦之御魂《うかのみたま》様を筆頭に太宰府に所縁のある、あるいは全く無関係の神々が集まっておられる筈だ。

弁明をしようと電話を何度もかけ直しているが、何故か一向に繋がらない。これも時平の陰謀ではなかろうか。

人々の行列を強引に追い抜いていく訳にもいかず、やきもきしながら進んでいると、不意に肩をポンと叩かれた。振り返ってみると、そこには神功皇后《じんぐうこうごう》様が薄手のコート姿で立っていた。

周囲の人が思わず視線を向けたくなるような美貌だが、おいそれと話しかけようとは思えない高貴な雰囲気があった。特に燃える炎のような瞳には強靭な意志が溢れており、生半可な覚悟で下心を持って近づけば八つ裂きにされる未来を彷彿させる。

「こんな所で何してんの」

「……やむにやまれぬ事情がありまして」

「主役がこんな所で右往左往してどうするのよ。遅刻くらい何よ」

馬鹿馬鹿しい、と豪快に笑い飛ばしてしまわれた。

「どうせもう待ちきれずに酒盛りを始めているわよ」

「それなら寧ろ救われます」

「怯え過ぎよ。遅刻ぐらいで腹を立てるような器の小さな神なんていないわ」

「そうでしょうか」

「だいたい今日の主役は菅原くんでしょう？　あなたが楽しまないと取り仕切っている宮司や氏子たちに失礼ってものよ」

皇后様の言い分はもっともである。

「仰る通りです」

「あなたの顔を肴に酒を呑もうって訳じゃないのだから。安心しなさいな」

幾分か気持ちが和らいだ。慌てたところで仕方がない。

「私も一緒に頭を下げてあげるから、堂々としていなさい」

安産祈願の御祭神にして、戦神としても崇敬を集める女神の言葉は重みが違う。私の生きた平安の世でも武人から篤く信仰されていたのをよく覚えている。人気が出るのも納得である。

⁂

太宰府政庁跡は、かつて存在した役所の跡である。

広大な敷地は一面の芝生が植えられ、市民がくつろぐことのできる空間として整備されている。政庁跡といっても、礎石の遺構くらいしか見るものがないので、太宰府天満宮のあとに苦労して歩いてやってきた観光客が膝を折る所を何度も見てきた。類まれな感性の持ち主ならば、かつての太宰府を想像し、そこに出仕することもなく人生を終えた私の心情を想像して涙を流し、心を詩に乗せて詠むこともあるかも知れないが、何も知らぬ者が見たらとにかく広い公園である。碑に刻まれた言葉も達筆で読めまい。

ようやく政庁跡に到着すると、人の流れから逃れるように脇へ逸れて、中央からやや離れた場所で宴をしている一団を見つけた。ブルーシートを広げて十人余りの老若男女が集まっている。誰が持参したのか、お重を広げてすっかり宴会の様相を呈してした。

「申し訳ございません。菅原道真、遅参致しました」

「おお、よう来た。皆さま、主賓が到着なさいましたぞ」

どうぞどうぞ、とニコニコと勧められるままに上座へと連れて行かれ、険しい顔であぐらをかいている老人の隣へと案内される。遠慮してか、恐れてのことか。宇迦之御魂《うかのみたま》様の隣が空席のままである。神功皇后《じんぐうこうごう》様を振り返ると、さらばとばかりに女神たちの輪に足早に加わるところだった。

「宇迦之御魂様。夜分にご足労頂き、誠にありがとうございます」

傍らの銚子を手に取り、杯へ注ごうとして鋭く睨みつけられてしまった。

「遅いわい。一体何処で何をしておった。まだ始まっておらんが、いつものおぬしならば誰よりも早う来て、我らを待っておるであろうに」

「……やむにやまれぬ事情がございまして」

「どうせ、この寒空に本でも読んで夢中になっておったのであろう」

「見ていらしたので？」

「たわけ。見らずとも分かるわ。おぬしのことは千年と言わず知っておる」

ふん、と鼻息荒く突き出された杯へなみなみと酒を注ぐ。漆塗りの朱色の盃に秋の夜に浮かぶ月が映り込んでいた。

「見やれ。もう間もなく巫女の舞が始まろうぞ」

人々の集まる中央に設けられた祭壇は注連縄《しめなわ》と御幣《ごへい》で四方を覆い、神域となっている。その中の神楽舞台は提灯の灯りで照らされ、闇夜に浮かぶ様子はなんとも幻想的であった。篝火が秋風に揺れ、夜空を舐めるように燃え上がっている。

「もう少し前の方へ行かずともよろしいのですか」

「構わぬ。耳で見れば良いだけのこと。舞と楽の奉納ぞ。これ以上の肴はあるまいて」

雅楽の音色に合わせて、絢爛な装束を身に纏った四人の巫女が鈴の音を鳴らしながら優雅に踊る姿に、あちこちから感嘆の声が漏れた。あの巫女たちも私の氏子である。宮参りから七五三、休日にも友人たちと参拝にやってくる崇敬篤《すうけいあつ》い少女たちだ。

「さぁ、おぬしも呑め」

「ありがたく」

杯に注がれた琥珀色の酒を口にすると、えもいわれぬ花の香りに思わず口元が緩む。梅の花を彷彿させる甘く、柔らかな口当たりの中に絶妙な酸味のある梅酒である。

「ああ、これは美味しい。どちらのもので？　よく醸されておりますが、これは人の手によるものでしょう」

「肥後の国、今は熊本か。その玉名の蔵よ。甘味がほどよく、香りが立っておる。まさしく花の香りの如くな」

宇迦之御魂様《うかのみたま》は大変な美食家であらせられる。やはり稲穂の化身ということもあり、口にするものには強いこだわりをお持ちだ。

龍笛《りゅうてき》の調べに耳を傾けながら、盃を傾ける。どの神々も慰撫されたように嬉しそうに目を細め、うんうんと満足げに頷いているのは、きっと見知った者や、その者らの子孫がいるからだろう。心情的には親戚の子どもの運動会を見ているのに近い。

「最近は神楽の奉納も途絶える社が多い中、ありがたきことよ」

「はい。本当に。梅の花をあしらった千早《ちはや》も、とても美しいですね」

秋の宴は春の花見とは少し趣が違う。春の陽気に騒ぐような宴ではなく、秋の実りに感謝し、これから到来する冬を前にした厳かで静かな宴だ。

「……醍醐《だいご》天皇《てんのう》から賜った御衣は最期まで持っておったのか」

「勿論ですとも。しかし、今は何処にあるのか皆目分かりませぬ。ですが、ものはなくとも、賜った時の感激は今も胸に残っております。詩を評し、絶賛して頂いた際には涙で目の前が見えなかったほどです」

「ふふん。果報者め」

宇迦之御魂様は愉快そうに微笑んで、お重の中の稲荷寿司を満足そうに頬張ってみせた。

✿

それから琴や笛の調べが続き、稚児舞を眺めているうちに雪隠《せっちん》へ行きたくて仕方がなくなった。要はトイレである。

立ち上がろうと片膝を立てると、宇迦之御魂《うかのみたま》様も立ち上がろうとなさる。

「雪隠であろう。わしも行く故、連れていけ」

「それは構いませんが、今夜は神使をお連れではないのですね」

「留守を任せておる。この季節は病魔が境を侵そうとしつこいからのう。おぬしのところの鸞だけでは心許ないわ」

「それは心強い」

「まずは雪隠へ参ろうぞ。おお、足元が回るわい。なかなかに酔うておるわ」

「どうぞ私の肩にお掴まりください」

「むぅ、すまぬな。よしよし。参るか」

やたら厳しい顔つきは元来のものであろうが、今宵はいつになく表情が柔らかい。このお方は人の子らが行う祭りが何より好きで、天津神《あまつかみ》の身でありながら人の世へ降りて眺めるのを好まれる奇特な方だ。

反対側にあるトイレの方へ、集まった人々を迂回して歩いていく。宇迦之御魂様は千鳥足というほどではないが、それなりに酔いが回っているのか足元がおぼつかない。手を取ろうとすると、杖があるから良いと言う。

「それにしても、よくもこんなに人草《ひとくさ》が増えたものよ。繁栄せよ、とは申したが、まさかここまで数を増やそうとは思わなんだ。こういう時には鬱陶しいわい」

「鬱陶しいなどと思ってもいないことを仰らないでください」

「ふふふ。おぬしは相変わらず生真面目よな」

「性分ですから」

そうしてトイレで二柱仲良く用を足してから外へ出ると、五歳くらいの小さな童が立ち尽くしていた。男児であり、どこか不思議そうな顔で宇迦之御魂様を眺めている。

「坊よ、父母はどこにおる。おぬしのような幼子ひとりでこのような所におっては危ないぞ」

男の子は不思議そうに首を傾げてから、キョロキョロと辺りを見渡したが、探すのを諦めたように首を横に振った。

「こんな幼子を放っておくとは。人攫《ひとさら》いに遭ったら如何にするつもりか」

「このくらいの子どもが親の目を逃れて離れるのはよくあることです。何か事情があってここで待っているのかもしれません」

私は屈んでから、にっこりと微笑みかけた。

「こんばんは。お名前を言えますか？」

「しのもりたつやです」

「たつやくんですか。ここへはお父さんとお母さんと来たのかな？」

「ママと二人できました」

「そうでしたか。では、ママはどこにいるか分かりますか？」

黒目がちの大きな瞳でこちらを見つめたまま、フルフルと首を横に振る。

「宇迦之御魂《うかのみたま》様。どうやら迷子のようです」

「見れば分かるわい。なんたることか。我が子の手を離すとは。そら、坊主。爺の元へ来い。風邪を引いてしまう」

はい、とたつやくんは素直に頷いて、どかりと座った宇迦之御魂の膝の上に腰を下ろす。そうすると驚いたように目を丸くした。

「あたたかい」

「そうだろう、そうだろう。爺の周りは暖かろう」

こう見えて稲荷神である為、ふわふわとして暖かいに違いない。よしよし、と頭を撫でながら肩にかけていた羽織を外し、慣れた様子で子どもを包んだ。そうして、ぽんぽん、と背中をリズムよく優しく叩く。

「相変わらず子煩悩ですね」

「幼子を慈しむのは当然のことよ。子は宝じゃ。こればかりはどの時代だろうと変わらぬ。大人は子を守り、時に叱り、教え、育ててゆく。やがて、成長した子はまた、次の子らを慈しむ。そうして人の世は巡っていくことを忘れる大人がいつの世にもおる」

「子どもが嫌いという者もおりますからね」

「嫌いでも構わぬ。大事にせい、と申しておる。おぬしは早う母御《ははご》を連れて参れ」

「承知致しました」

「酒盛りをしておる神々にも手伝わせよ。酒なぞ呑んでおる場合か」

小走りで他の神々の元へ戻って事情を説明すると、すぐに顔色が変わった。それは大事《おおごと》だ、とすぐさま立ち上がって方々へ散っていく。

そういえば、生前に一番下の幼い息子が花見の席で迷子になってしまったことがあった。人攫いに遭ったのではないか、と気が気ではなかったのを思い出す。家人全員で探し回った結果、少し離れた場所で市井《しせい》の老婆に手を引かれているのを見つけたが、この老婆に『子どもの手を離すな』と散々に叱られてしまった。心細かったであろう幼い息子を抱きしめて、ようやく安堵したものだ。

あの子の母も気が気ではないだろう。

しかし、神事の最中に大声をあげて探し回る訳にもいかない。なるべく静かに周囲に目を配りながらそれらしい人物を探すが、広大な敷地に大勢の人が集まっている上に、暗くて判然としない。あまり時間がかかると宇迦之御魂《うかのみたま》様が痺れを切らすかも知れず、そちらも心配になってきた。

しかし、探せど探せどそれらしい人物は見当たらなかった。

仕方がないので一度、宇迦之御魂様の元へ戻ると他の神々も集まっているところだった。どの神々も真剣に歩き回っていたのだろう。息を切らしてあちこちにひっくり返っている。散々、酒を呑んでいたところで走り回ったので酔いが回ったらしい。

「菅原。見つけて参ったか」

「いえ、それが何処にも見当たらず」

静かに寝息を立てるたつや君を胸に抱いた宇迦之御魂様の表情は険しい。

「これだけの国津神《くにつかみ》が雁首を揃えておきながら、幼子の母ひとり見つけられぬとはどういうことか。なんと不甲斐ない」

「騒ぎを起こす訳にも参りません」

「起こせば良いではないか。母御はここにおるのだ。ここに集まった者たちに探させればすぐに見つけられるであろうよ。万一、それでも見つけられぬようなら母御はおらぬということになる。そうなればいよいよ一大事ぞ。神事を中断させようとも、幼子の行く末を案ずるのが日の本の神々であろう」

はっ、とした。

敢えて言葉にはなさらないが、捨て子であることを危惧していらっしゃる。

まことに悲しいことだが、親が子を捨てるということはいつの時代にも起こり得る。やむにやまれず、子を捨てねば己たちが生きていくことができなかった者もいるだろう。だが、それればかりは神として容認することはできぬ。そうでなければ黄泉へ行った幼子を誰が報いてやれるだろう。

「愛らしい子だとは思わぬか。よほど母御から離れて不安であったのだろう。見ず知らずの爺であっても、こうして抱かれれば安堵して気を失うほど、追い詰められておったのだ」

「分かりました。天満宮の者に私が事情を説明して参ります」

すぐに対応して貰えるかどうかは分からないが、それでもなんとか説得してみるしかないだろう。こうしている間にも、母親は遠くへ離れていっているかも知れないのだ。

「待ちなさい、菅原くん。どうやら、その必要はないみたいよ」

ぽん、と私の背中に触れながら神功皇后《じんぐうこうごう》様が入口の方を指差す。

たつや、と悲痛な声を上げながら懸命に我が子を探す女性の姿があった。

「ここです」

私が声を上げると、女性は転びそうになりながらも懸命にこちらへ駆けてきて、宇迦之御《うかのみ》魂《たま》様に抱かれた我が子を見て涙を溢した。

「ああ、ありがとうございます。良かった。無事でいてくれて」

「おぬしが、この子の母御か」

「はい。そうです」

「何処におったのだ。この者らが手を尽くして探している間、ここにはおらなんだろう。我が子を置いて帰るつもりであったか」

宇迦之御魂様が努めて冷静に話そうとしているのを私も他の神々も感じ取っていた。目の前に現れた母親の様子は、あまり裕福なものとはいえない。困窮しているというほどではないが、苦難の中にあるのは十分に見てとれた。

「宇迦之御魂様。僭越ながら、此処は私めが話を聞きたいと存じます。同じ母親同士、分かり合える部分も多うございましょう。まだその子も暫くは目を覚まさぬでしょうから、琴や笛の音色に耳を傾けながらお待ちになって頂いても宜しいですか？」

神功皇后様の申し出に宇迦之御魂様は暫く思案していたが、やがて頷いて「おぬしに任せよう」と仰った。

「では、私たちはあちらに参りますね。他の方々はどうぞ酒宴にお戻りになられてください」

とりあえず一安心だ、と他の神々は酒宴へと戻っていくが、きっと心中は気が気ではないだろう。これからの母子の行く末が気になってそれどころではない筈だ。

「菅原よ。おぬしも神事に集中せよ。此処はもう良い」

「そういう訳には参りません。それに、あの母親の方は見覚えがあります。合格祈願に参拝に来たことがある筈です。無縁という訳ではないのですから、放ってはおけません」

私の氏子たちとて、この状況を知ったなら私の選択を責めはすまい。私の御霊は常にあちらにあるのだ。奉納された祝詞も舞も込められた祈りと共に、全て届いている。

神功皇后様たちはベンチで真剣なやりとりをしているようだ。遠くてよく見えないが、母親は泣きながら己の心情を吐き出しているらしい。これは確かに幼い子どもの前ではできないことだ。

「いつの世にも光の当たらぬ場所というものがある。遍《あまね》く光を届けることができたなら、と天照大御神《あまてらすおおみかみ》様も悩んでおられた。だが、それは神々が手を出すことのできる領分にはない。

たとえ、どれほどの時間がかかろうとも、それは人の手で成し遂げねばならぬ。我らにできることは人事を尽くした者に天命を与えることだけよ」

「そうですね。仰る通りです」

人の身であった私には分かる。ありとあらゆる願いを叶えるのが神であろう、と思う気持ちが。そして、その願いが届かないと神を恨まずにはおれない心も。

「我ら神々にできるのは、人の子らを信じることだけよ。誠の心で正しい道を進んでくれると信じるしかない。過度な干渉は互いの為にならぬ」

思わず笑ってしまう。

「花見の折に転職の口添えをなさっていたようですが」

「あれも縁結びよ。あれを夢と片付けずに面接へ出向き、信頼を勝ち取ったのはあの者自身の成果だ。些細なきっかけや助言を与えることは、おぬしもしておろうが」

「それは、まぁ、多少は」

ダメだ、ダメだと思いながらも、どうしても放ってはおけない。誰も彼もを救うことができればいいが、それは神とて適わない。ならばせめて、この手が届く範囲の者にほんの些細な助力をしたいと願うのが国津神《くにつかみ》というものだ。

「八百万《やおよろず》の神々というのは、人の子に甘くていかぬな。信じて手を離さねばならぬというの

に、どうしても口を挟みたくなる。救いの手を差し伸べずにはおれぬ
「これぱかりは性分ですね」

「あのえびすとて、漂流している者がおれば海流を操ってしまうと申しておった。見て見ぬふりはできぬ、とな」

ああ見えて、勤めには真面目な男だ。不具の子だと捨てられて、漂流の果てに拾われ、その地で憐れんだ人々によって神として崇められた男は誰よりも、人の子の肩を持ちたがる。

やがて神功皇后《じんぐうこうごう》様がこちらへひとりで戻ってきた。その表情は悲痛というよりも、苛立ちに満ちている。不機嫌極まるという顔に我々の方が気圧されるほどだ。

「話を聞いて参りましたが、あれの連れ合いが諸悪の根源のようです」

「この子の父が元凶と申すか」

「はい。ろくに働かず、暴力を振るっているようです。その子にはまだ手が及んでいないようですが、いつそうなるか予断を許さぬ状態ですね。そうでなくとも、自分の母親が殴られているところなど子どもに見せるべきではないわ」

剣呑な様子で言いながら、神功皇后様は怒りを露わにしている。

「守るべき妻と子に手をあげるなんて、万死に値するわ」

「その通りよ。菅原、その男に雷を落として参れ。保険金で暮らせばよかろう」

「お二人とも、お気持ちは分かりますが、どうか落ち着いてください。ついさっき人の領分だと仰っていたではありませんか」

ぐるる、と獰猛な唸り声を漏らす宇迦之御魂《うかのみたま》様の気持ちは分かるが、神が人を殺すなど本来あってはならないことだ。

「家庭内暴力であれば、まずは行政に入って貰うべきでしょう」

「そんな悠長なことをしていては救える者も救えぬわ。なんぞやれることはないのか」

完全に頭に血が昇っている。しかし、こんな愛らしい子どもを、母親を叩くかも知れぬ男のいる家に返す訳にはいかない。気が急くのも理解できる。

「……縁切りはどうでしょうか」

「おお、それよ！　その手があったか」

「宇迦之御魂様。男女の縁切りの御神徳で知られる神がおられますよね」

「崇徳《すとく》天皇か。なるほど。縁切りで肩を並べる方はあるまいて」

宇迦之御魂様は携帯電話を取り出すと、即座に何処かへ電話をかけ始めた。

「もしもし。おお、息災か？　うむ。実はおぬしに頼みたいことがあってのう。縁切りを頼みたいのだが、どうにかならぬものか。……うむ。そうか。では、頼もう。詳しくはメールをするでな。うむ。あとのことは当人に決めさせる他はあるまい」

電話を切るなり、宇迦之御魂様はベンチにいる母親を手招きして呼ぶと、寝息を立てているたつや君をそっと抱き渡した。

「この子は母の帰りを僅かにも疑っておらなんだぞ」

憔悴した顔の母親にかけられる言葉は、神も持ち合わせていない。よほど追い詰められていなければ誰が我が子を捨てようと思うだろうか。

「おぬしが望むのなら、そなたと旦那との縁を切ってしんぜよう。さすれば二度と会うことはなかろう。なれど、この先何があろうとも、この子の手を離すことは許されぬと心得よ」

母親は息を呑んだが、それでも藁にも縋るような顔つきで頷いてみせた。

「よかろう。ただし、今夜できるのは一時的なものに過ぎぬ。まことに御神徳を得たくば、自らの足で赴かねばならぬ。先方へは事情を伝えてある故、遠慮なく切って参れ」

普通ならばにわかには信じられぬ話だが、彼女は大粒の涙をこぼしながら何度も頭を下げた。

彼女が向かった暁には、ここでの記憶は自然と消えてゆき、どうして神社に行こうと思ったのかすら思い出すことはないだろう。

「子に勝る宝はない。ゆめゆめ忘れるでないぞ」

そうして後のことは神功皇后《じんぐうこうごう》に任せて、私と宇迦之御魂様はその場を後にした。

「不埒な父親に雷のひとつでも落としてやれば良いものを」

「そのような無理を仰らないでください」

ふん、と鼻息を荒々しく鳴らす宇迦之御魂《うかのみたま》様の気持ちは十分に理解できる。だが、もう二度と私は誰かを祟ることはない。

「おぬしは、もう怒りは持ち合わせておらぬか」

その問いに、今の私は穏やかに頷くことができた。

篝火の向こうで大勢の者たちが私の御霊を慰撫しようと神事を執り行っている。私の誠は彼らが知って後世に伝え聞かせてくれている。

「憎しみで花を咲かせることはできませんから」

「ふふん。菅原道真は西国一の果報者よ」

篝火からはぜた火の粉が、秋の夜空へ高く舞い上がっていく。

澄んだ笛の音色が秋風を揺らし、菊の花を手にした巫女たちの清廉な舞が、鈴の音と共に光を弾いた。

目を瞑れば、賜った御衣の余香が蘇るようだった。

冬の章　一　惟賀神年

神々の勤めには様々なものがあり、四季によって忙しさも異なってくるものだが、どこの神も大晦日の夜から正月三が日は比べものにならないほど忙しくなる。余りの忙しさにノイローゼとなり、逃げ出す神もいるほどで、地域の神々が一致団結して事態に当たるのが恒例となっていた。

太宰府天満宮の近隣に社殿を持つ神々は、大晦日の朝から参道にある一軒の茶屋の二階座敷へと集まり、勤めに励むのだ。

私たちの事情を知る人間は極めて少ないので、なるべく目立たぬよう集まらなければならない。当然、現地には公共交通機関を用いるのが大原則だ。神使に跨って太宰府へやって来ようものなら大騒ぎとなる。大晦日に大勢が集まれる座敷を見つけるのもこれまた大変だ。毎年使わせてもらっている座敷もあくまで好意で融通してくれているので、代替わりして

「胡散臭いからダメ」なんて話になれば困り果ててしまう。故に座敷での飲酒は厳禁である。一口でも酒が入れば即座に宴と化してしまうので自重せねばならない。ともかく仕事という現実に、ただひたすら向き合う為には供物は断たねばならないのだ。

三十畳を超える座敷に、ひしめき合って座る神々の顔色は暗い。長机の上には既に分厚い巻物が幾つも並んでいて、見ているだけでうんざりする。神なのだから願い事はいくら叶えても平気と思うのは大間違いである。

「道真様。いい加減、この巻物というのは廃止できませんか。タブレット端末にしましょうよ。案件も文にしたためて送るよりも、メールの方が早いし確実です」

うんざりした顔で言ったひょうたんのような顔の神は、遊戯の神である。起源が大変古い神の一柱だが、歳を経るごとに生まれ変わるように時代に応じて変化をなさる珍しい神だ。

「平安時代の私でも巻物は使い辛いと思いますが、上の方々が神代からいらっしゃる方ばかりですから、タブレットを扱うのは無理でしょう」

「でも、携帯電話はご利用になるじゃありませんか」

「いやいや、誤解されては困ります。私も含めて携帯電話なんて電話をかけるくらいしか使いません。写真を撮れたら良い方でしょう」

それに対して、女神様たちはやはり感性が若々しいのか、ああした機器にも耳聡く、使えないという話を聞いたことがない。

「道真様に関して言わせて頂けるのなら、もう少し私どものような者にも分かるように書いて頂けると助かるのですが」

「なんのことでしょう？」

「いや、達筆過ぎて読めないんです。草書というんですかね。もう字なのか、絵なのか。神々の間でも字が美しいと評判ですが、若い神にはちょっと……」

「それは申し訳ない。もう少し読みやすい字を心掛けたいと思います」

どうにもノッテしまうと、心が発するままに筆が走る癖が生前からある。私がお仕えした帝、宇多天皇《うだてんのう》は大変心の広いお方であったので、むしろ喜んでくださったが、当時の部下たちはきっと似た思いをしたに違いない。

私とてパソコンが使えたのなら、どんなに便利だろうと思う。しかし、あのような光る箱をどうやって操作するのか皆目見当がつかない。尻尾のようなものの先端を使って動かすというが、正直に言って触るのも恐ろしかった。

夕方になると早めの食事を済ませる。いつもなら酒の一献くらい、となるのだが、今日ばかりはそうはいかぬ。その神々も予防接種前の人の子のように、不安と緊張を隠せずにいた。

日が暮れて、夕飯を終えた頃合いとなると、にわかに参道を通る人の数が増え始める。西鉄太宰府駅から大勢の参拝客がやってきて、参道は大変な賑わいとなった。あっという間に人で埋め尽くされ、石畳を上から見ることもできない混雑に血の気が引く。

本来、参拝客が多いのは喜ばしいことである。しかし、何事にも限度というものがある。中にはそうでない方もおわすが、私は二本の腕しか持ち合わせていないのだ。

「さぁ、皆様方、準備は宜しいか！」

悲鳴じみた声に、あちこちで覚悟を決めた神々が机に齧りつくように腰を下ろし、筆を握りしめる。これからの激務を想像して泣いている神までいる。大変申し訳ないが、これも勤めだ。

その時、全員の脳裏に本殿の鈴の音が響いた。祈願が始まったらしい。合格祈願に混じって安産祈願が飛び込んできた。祈願者の氏名、年齢、性別、さらに住所の祝詞があがる。

私は即座に合格祈願の参拝者たちの個人情報を巻物に書き記した。県外の者はメモを取って、のちほど神使がそれぞれの土地神へと運んでいく手筈になっていた。安産祈願の内容を書いたメモ用紙は神功皇后《じんぐうこうごう》様の机へと、鷺の静が咥えて運んでいく。

祈願に耳を傾けている間にも、ひっきりなしに柏手の音が頭の中に響いた。今頃、お賽銭用の白布が広げられ、その中へ大勢の参拝客が賽銭を投げ入れて、柏手を打ち、祈願をしているに違いない。

それらの願いも片っ端から聞き届けて、内容を巻物に書き記していく。素性の分かる氏子や、一度参拝に来たことのある者ならば話は早いのだが、初めての者はともかく特徴を捉えて書き残して、あとから見つけなければならない。

「うーん、サンタさんへのお願いはどちらへ回すべきですかね」

幼児の願いは純粋で愛らしいが、だいたいが管轄外である。

「大晦日に来年のプレゼントのリクエストをするだなんて。これはなかなか見所があるわね。きっと将来は大人物になるわ」

神功皇后様が嬉しそうにいって、とりあえず引き受けてくれた。聞けば北欧の神々に伝手《つて》があるという。

「しかし、北欧はこちらとは文化が違うのでは？」

「大丈夫、大丈夫。だいたい同じよ」

大雑把に過ぎる。来年、彼の元へ無事にリクエストの品が届くのを願ってやまない。

合格祈願、合格祈願、安産祈願、合格祈願、商売繁盛、合格祈願、厄払い……。

途中で違うのが入ると間違えそうになる。こういう時、一度筆で書いてしまうと二重線を引いて訂正しなければならないので余計に時間を食う。神功皇后様のように氏子管理だけでもデジタルで行う術《すべ》を覚えるべきだろうか。

時間が経過するにつれて、座敷の中はまさしく戦場のような有様と化していった。互いの神使が頭上を飛び交い、どこの神の管轄にも落ち着かない嘆願が天井の辺りをふわふわと漂う。

「悪い、悪い。いや、相変わらず凄い賑わいだな」

遅参してきたえびすが、コンビニの袋を手にどっかりと腰を下ろした。

「お詫びも兼ねて差し入れを買ってきたんだが、どうしたらいい？　冷蔵庫を借りられるか？　キンキンに冷えたアイスもある」

「とにかく仕事をしろ、仕事を」

えびすがやってきたので商売繁盛の一部を流す。膨大な祈願の数に悲鳴をあげながら、えびすも懸命に巻物へ筆を走らせた。名も力もある神を遊ばせておく理由はない。

祈願の数は落ち着くどころか、益々数を増やしていく。内容も多岐に渡り、中には海外からやってきた者の願いまで多く混じり始めた。観光客の祈願は扱いが難しく、国内にいる場合にはこちらが担当するが、国に戻っても祈願が続くよう先方へ手を回しておく必要があった。一神教の国なら話は早いのだが、うちのように多神教の国だと案件がたらい回しにされやすいのだ。

御神徳を与えようと誰も彼もが一心に筆を走らせる。この寒空の下、願いを聞き届けて欲しいと嘆願にやってきた者たちを無下にできる神など、この場にはいない。できることは些細なことばかりだが、どれも人の手には届かぬ領域の話である。

力を使えば、損耗するのは当然のことだ。それは人も神も変わらない。

猫の手も借りたい忙しさに忙殺されながら、私たちは願いを聞き届け続けた。本殿で祝詞を読み上げる神職たちも、懸命に勤めを果たしていることだろう。

一応、場を和ますために座敷の奥には小さなテレビが点いており、紅白歌合戦を流しているのだが、神々が騒がしいのと見る暇もないのとで、ほとんど何も聞こえない。それでも和やかに合戦が終わる頃には、自ずと年越しを前に厳かな心持ちとなる。

「皆様方、もう間もなく年が明けまする」

余程力を振り絞ったのか、声が掠れて仕方がない。髪の色素が抜けたのか、自慢の黒髪が脱色しつつあったが、どうしようもない。

座敷を見渡すと、精力的に働く神々の間に、力尽きたように横になる神使を見つけた。私の長机にも力尽きた鷽がひっくり返って白いお腹を見せている。あとでしっかり労ってやらねばならないが、本番はこれからである。

「静。起きなさい」

つんつん、と指先で優しく触れると、静はふらふらと立ち上がった。横になっていなさいと言ってあげられぬことが申し訳ない。

「あとで果糖水をあげるから、もう暫し頑張りなさい」

小さな鶯はこくこくと頷くと、私の手にあった紙片を咥えて、座敷の端で転がっている男神の元へ飛んでいった。健気な様子に泣きそうになる。砂浴びの場を新調してやらねばなるまい。

それにしても、もうかれこれ四時間はみっちり働き詰めである。どの神の顔にも疲労の色が濃い。座敷に広がる死屍累々の光景は、年の暮れの風物詩だ。

座敷の奥へと目をやると、なんとも懐かしさを感じさせる何処かの寺院が雪景色の向こうに映し出された。

「えっ！　もう『ゆく年くる年』の時間なの？」

いよいよ今年も終わる。春から色々なことがあったように思うが、何分長生きをしているので、今いちよく覚えていない。春にサラリーマンが空を舞い、夏にエアコンが臨終し、秋には出雲へ行ったし、秋思祭を肴に一献、杯を傾けた。

「あっという間ですなあ」「やっちゃった。見たいアーテイストの出番、見逃しちゃったじゃないの」「お、うちの神社映った」「甘酒でいいから、酒が呑みたい」「ノンアルコールよ？」「おーい、誰かの角が落ちているぞ」「ちょっと。私の湯呑を風呂代わりしている神使がいるんだけど」「誰ぞ、ここに置いておいた巻物を知らんか」「歳神様は今どの辺りにいらっしゃるのかな？」「あれ？　俺の角がないんだけど！」「足袋がない、足袋が」「年越し蕎麦は、このあとかいな」

騒がしいことこの上ない。そうこうしているうちに除夜の鐘がテレビから響いた。遅れて、遠く観世音寺《かんぜおんじ》の鐘の音が響き渡る。わっ、と表の喧騒がひときわ大きくなって、歓声が溢れた。どうやら今まさに年を越したらしい。

毎年のことながら、呆気なく新年がやってきた。生前は新年を迎える時には屋敷で華やかに宴を催したものだが、神になってからというもの仕事をせずに年を越した覚えがない。兎にも角にも勤めに追われている。

「皆様、明けましておめでとうございます。旧年中は大変お世話になりましたが、気持ちを新たに仕事へ戻りましょう」

私の新年の挨拶に文句があるのか、苦情があちこちから飛んでくるのも毎年のことだ。神たる勤めに背を向けて、お布団でカタツムリになりたい気持ちは痛いほど分かるが、参拝者は待ってくれない。こうしている間にも祈願は音もなく積み重なっていく。

「頑張ってください。順番に一階で年越し蕎麦を食べて頂きますから、もう暫くの辛抱です」

もう年は越えてるんだよ、と尤もな苦情が飛んできたが、敢えて無視する。出来ることなら、私だって年を越す前に食べたかった。

ようやく私の順番が回ってきたので階下で蕎麦をたぐり、絹代《きぬよ》ちゃんの労を労った。お孫さんが来年ついに結婚するという。まだ若いのに大したものだ。ゆくゆくはこの店を継ぐそうなので、今のうちから大変な楽しみができた。

深夜二時を超えると、参拝者は極端に減る。祈願も受け付けていないので、とりあえず山場は越えたといっていい。

「うう、もうだめです」

周囲へ目をやると、あちこちで神々が雑魚寝で鼾《いびき》をかいている。女神たちは男神と雑魚寝はお断りとばかりに、いつの間にか座敷から姿を消していた。例年の如く、この近くに宿を取っているのだろう。

私も一度、顔を洗ってから仮眠を取ることに決めた。明日の朝、すなわち数時間後には元旦を迎える。そうなれば参拝者の数は数えきれないものとなるだろう。その前に少しでも休養を取っておく必要があった。

二階の廊下の突き当たりにある洗面所への扉を開けて、冷水で顔を丹念に洗う。そういえば若水《わかみず》といって、新年の朝に井戸から水を汲んで呑むという風習があったが、水道の普及と共に自然と廃れてしまった。この水道から出る水も若水と呼んでいいのだろうか。

不意に、神気《しんき》を感じて格子窓から夜空を見上げると、遥か頭上に巨大な宝船があった。人の目にはまず映らないだろうが、大晦日の太宰府の直上を浮遊しているとは些か心臓に悪い。何せ、あの宝船には普段ならまず地上へ降りてこない天津神《あまつかみ》の御歴々が一足先に集まって宴を繰り広げているのだ。天津神は素行が荒々しい方も多いので、すぐに出雲や伊勢の方へ行って欲しい。

そういえば今夜はまだ宇迦之御魂《うかのみたま》様を見ていないな、と思いながら洗面所の扉を開けて廊下へと出ようとした時だった。ぐにゃり、と空間が捻じ曲がる音がした。

「うわっ」

ギョッとして足を前に出すと、躓《つまず》くように廊下に転がって、強く胸をぶつけた。しかし、痛みで蹲《うずくま》っている余裕はない。

まさか、という思いで顔をあげると、そこには巨大な廊下が地平の彼方まで何処までも続いている。見上げた天井は恐ろしくなるほど高く、途中から白く煙って上が見えない。

やってしまった。油断していたとはいえ、なんたることか。

「此処は、まさか宝船……」

愕然とそう呟いて、白目を剥いて倒れる他なかった。

⁂

いつまで倒れていても誰も介抱にやってこないので、私はひとり空しく目を覚まして身体を起こした。夢なら良いと思ったが、やはり夢ではない。

きっと何処かの神が、座敷からこっそりと逃げ出して宝船と洗面所を繋いでしまったのだろう。今日から三が日が終わるまで、二階は私たちが貸し切りにしているので人間が使う心配もないと思ったのだろうが、術を解くのを忘れていたに違いない。

「こうなっては新年のご挨拶に伺わねば非礼というもの。一度、天照大御神《あまてらすおおみかみ》様の元へ向かわねば」

挨拶を済ませたらすぐに帰って仮眠を取り、勤めに戻る。そうすればスケジュールに大きな変更はない。筈だ。

太宰府天満宮の宮司を務める西高辻家の当主は代々非常に感性の鋭い人物なのだが、当代の当主は特に鋭敏な人物のようで、本殿から何度か目が合ったことがある。祝詞を奏上している時の繋がりさえ感じ取っている節があった。つまり、このまま私が戻らずにいると、不在がバレてしまう可能性がある。

「己の子孫に心配をかける訳にはいかない。急がねば」

兎にも角にも帰らねばならない。帰るだけなら話は早いのだが、宴の船にやってきておいて挨拶もなしに地上へ戻れば、あの有名な弟神から顰蹙《ひんしゅく》を買いかねない。

「ええい、ままよ」

がらり、と近くの障子を開け放つと、地平線の彼方まで広がる大座敷で夥《おびただ》しい数の神々が、やんや、やんやと宴に興じていた。国津神《くにつかみ》も天津神《あまつかみ》も関係なく、実に楽しげに盃を交わしている。話す内容の大半は、各々の氏子のことだろう。若干、酔いが回り過ぎている神使もいるようで、ぐでんぐでんになった白い大蛇や梟《ふくろう》などが畳の上で寝転がっていた。

「おお、天神様ではございませんか。明けましておめでとうございます」

振り返ると、そこには狸のような顔をした初老の男が立っていた。髪や髭に白いものが混じっているが、眼光鋭く只者ではないのが分かる。何処かで会ったことがあるのだが、何せ八百万もの数の神々がおわすので、顔だけではピンとこない。

「ああ、ええと、明けましておめでとうございます」

私が曖昧に愛想笑いを浮かべているのに気付いて、先方が「申し訳ござらぬ。こうして、ご挨拶をさせて頂くのも百年ぶりですからな」と気を遣ってくださった。よく見れば、羽織った厚手の半纏には、葵の御紋《ごもん》が描かれている。

「東照大権現《とうしょうだいごんげん》、徳川家康《とくがわいえやす》様か」

「お久しゅうござる。それにしても天神様が元旦を迎える前にいらっしゃるとは珍しいことですな」

「いえ、これは手違いでして、すぐに戻らねばならないのです。家康様の東照宮はもう参拝者も落ち着かれたのですか？」

「ようやく人気がまばらになって参りましたのでな。今のうちにとやってきたのです。拙者の所には優秀な三猿がおります故、少しばかり席を外してもどうにかなりまする」

三猿。見ざる聞かざる言わざる、の三匹は日光東照宮の神使である。せっかく三匹もいるのだが、何処に使いにやっても三匹揃わねばうまくコミュニケーションが取れないので、なんとも勿体ない話だ。

「家康様。天照大御神《あまてらすおおみかみ》様の座敷はどちらに？」

「上座におられまするが、ここからですと途方もなく遠うござる。一度、廊下へお戻りになり、違う場所から改めて入られた方が宜しいでしょう。まぁ、その上座がくるくる場所を変えるので難儀するのですが」

「どうしてひとつ所に留まって頂けないのか」

思わず頭を抱えるしかない。昔からこうなのだ。あの方がおわす所が上座となるのだから、大人しく座した場所から動かないでいて欲しい。

「弟君が飽きやすい性分でいらっしゃいますから」

素戔嗚尊《すさのおのみこと》様は八百万《やおよろず》の神々の間でも、だいたい敬遠されている。天津神《あまつかみ》でありながら、姉の統べる天界の高天原《たかまがはら》で狼藉を繰り返して地上へと追放され、飢えて豊穣の神へ食事を求めたものの、排泄物が穀物であることに激昂して殺害。なんのかんので出雲で八岐大蛇《やまたのおろち》を退治して英雄となり、高天原には帰らずに根の国で娘と悠々自適に暮らしていたが、大国主命《おおくにぬしのみこと》様に娘を取られてそのまま根の国におわすと聞く。

「ハラスメントの元祖のような方ですから、周りもさぞ気を遣っているでしょうね」

以前、宗像三女神《むなかたさんじょしん》様と酒を競い合っていらしたが、端から眺めている神々が酔い潰れる程であった。宗像三女神様は他人に酒を強要などなさらないが、素戔嗚尊様は「俺の酒が呑めんのか！」を地でいく男神である。ありとあらゆるハラスメントを公然と行うので当然ながら令和の世では敬遠される。神代でも敬遠されていたが。

宴席に素戔嗚尊様がやってくると女神たちは雪が溶けるように姿を消し、男神は貝のように押し黙る。自慢話、説教、武勇伝しか話さないので仕方がない。

かくいう私も宴席で何度潰されたか分からない。おまけに気分がよくなると相撲を取ろうと言い出すので、そうなると命まで危なくなる。悪い人ではないのだが、お力が強いばかりに扱いに困るお方である。

そんな素戔嗚尊《すさのおのみこと》様を平然と掌の上で転がす櫛名田比売《くしなだひめ》様こそ只者ではないのだが、傍目に見る限りはふわふわとした愛らしい女性で、人は見かけによらないという良い例だ。

「姉君と兄君の前では、流石に大人しゅうござる。それに奥方もいらしておりますから、心配はご無用」

「それは重畳《ちようじよう》。ともかく急がねば」

「お待ちくだされ。そういえば宇迦之御魂《うかのみたま》様が天神様をお探しでござった」

「私を？」

「ええ。ご一緒にいらしたのではないのですか？」

「いいえ。ひとりで洗面所から来ました」

大変不本意だが、そんな日もあるだろう。悪いのは私の前に洗面所を使い、宝船と繋げたままにしてトンズラした神だ。

「なんと。そうでござったか。てっきり共にいらしたのだとばかり」

「我慢できずに一足先に向かわれるので、いつも別々なのです」

「そういえば、何年か前に人を宝船へ連れて来られたと聞きましたが、冗談の類でござろう？」

「いえ、正真正銘事実のようです。無礼講だと仰って連れてきてしまったそうですよ」

「ははは。流石は伏見稲荷大社の御祭神ですな」

「ご本人も酔った上でのことだと仰っていました。普段はそのようなことはなさいませんよ」

平和な世の中であればこそ、そのようなことができるのだ。神々の宴へ招いても、なんの支障もない平和な時代。それが嬉しくて仕方がないのだろう。

あの頃、平安の世でそんなことをすれば運命はたちまち変わってしまう。亡くなる筈だった者が死なない。それを人の手ではなく神の手で行うことは、理に反する行いだ。

「宇迦之御魂様は奥へと向かったようです」

「助かりました。今年もどうぞ宜しくお願い致します」

「いえいえ、こちらこそ何卒」

平身低頭といった様子の家康様は、戦国武将から神となった方々の中でも非常に付き合い易い。生前から質素倹約を旨としていたと聞くが、現代ではカリスマ的なミニマリストである。数年前に縁あって遊びに行ったえびすが「何もない！」と悲鳴をあげて逃げ出したと言うのは神々の間では有名な話だ。本当に何も家具がないので、まるで寛ぐことができなかったという。無音の空間で家康様と二人きりで喜ぶのは歴史マニアくらいのものだろう。

家康様と別れて廊下へ戻ると、大慌てで駆けていく正月飾りを見かけた。門松が注連縄と手を繋いで逃げていく様子は尋常ではない。

「なんだ？」

ずしん、と足音に身体が浮かび上がった。ハッとして振り返ると、見上げるような巨大な男が足音を響かせてこちらへやってくるではないか。体から漲る神威に思わず身が竦みそうになる。巨木のように太い腕、分厚い胸板、男性ホルモンの塊のような男神を見間違う筈がない。

「す、素戔嗚尊《すさのおのみこと》様」

獅子の鬣《たてがみ》のような頭をバリバリと掻きながら、赤ら顔でやってくると、廊下の脇に避けていたこちらに気づいて怪訝そうな顔をする。

「む？　おお、天神様ではないか！」

火山が爆発したような大声に鼓膜が破れるかと思った。

「素戔嗚尊様におかれましては、ご機嫌麗しゅうございます。新年明けましておめでとうございます」

「ワハハ。相変わらず堅苦しいことを言いおる。年明けすぐに挨拶にやってくるとは珍しいこともあるものだ。下は大忙しであろうに。こんな所で酒盛りをしておっていいのか？」

「いや、手違いがございまして。戻る前に一言ご挨拶をと」

「そうであったか。わしは雪隠から戻るところだ。姉上の元へ案内してやろう」

「宜しいのですか？」

「無論よ。ただ兄上はもうお帰りになられたがな」

素戔嗚尊様の兄上といえば、月夜見尊《つくよみのみこと》様である。

「月に帰って神使の兎どもと炬燵《こたつ》で双六をする約束があるそうだ」

「月面で炬燵、ですか」

三貴子《さんきし》。伊邪那岐命《いざなぎのみこと》様が自ら産んだ諸神の中で最も尊い三柱。天照大御神《あまてらすおおみかみ》様は太陽を司る日神、月夜見尊様は夜を司る月神、そして素戔嗚尊様が海原を司どる海神である。ちなみに、えびすは素戔嗚尊様の前に生まれたという話もあるが、伊邪那岐命様に確かめた者がいないので判然としない。

「以前から不思議に思っていたのですが、月が社だというのは真実《まこと》なのですか」

「にわかには信じられぬだろうな。だが、月に鳥居が立っておるから間違いない。いや、まさか人の子が月に立つ日が来ようとは夢にも思わなんだ」

ガハハ、と豪快に笑う。月面に赤い鳥居が立っている様子はなんとも神秘的である。

「兄上は寡黙でいらっしゃるからなあ。いつもいつの間にかいなくなっておられる。見た目もおよそ男神には見えぬし、もしやすると女神やもしれん。ともかく不思議なお方よ」

「確かに八百万《やおよろず》の神々の中で一番の美神は、月夜見尊様だという声は多うございますね」

私が初めて拝謁させて頂いた際にも『これで男神は無理がある』と思ったほどである。月光をすいたような美しい長髪、紫紺色の瞳。ただ性格も少し不思議なところをお持ちで、掴みようがない。およそ地上に降りて来られることもなく、己の御領から出ることはまずないと聞く。

素戔嗚尊《すさのおのみこと》様に連れて行って頂いた座敷の障子を開けると、眩い光に思わず目を覆わずにはおれなかった。座敷の中に太陽がある。

「これは、これは。菅原道真様ではございませんか。明けましておめでとうございます。旧年中は大変お世話になりました。今年も何卒よろしくお願い致します」

声はすれども、眩しくて何も見えない。そればかりか皮膚の表面がジリジリと焦げていく。お声の様子からして非常にご機嫌が宜しいようだが、この神威を前にして無事でいられるのはよほど名のある天津神《あまつかみ》だけだろう。

「天照大御神《あまてらすおおみかみ》様、畏れながら申し上げます。このままでは新年早々焼き煎餅となってしまいます。どうか威をお下げくださいますよう、伏してお願い申し上げます」

「ああ、ごめんなさい。天目一箇《あまのひとつ》様が拵えた双六で盛り上がっておりましたのでつい」

照明を調光するように、じわじわと眩さが弱まっていく。

ようやく目の前が見えるようになると、広大な座敷にサングラスをかけた神々が集まって何やら遊興に耽っているようだった。誰も彼も名のある天津神ばかりで、慌ててその場に平伏する。

「菅原様。どうぞ顔をおあげになられてください」

「はっ」

恐る恐る顔をあげると、やはり比類せぬ威光で御尊顔を拝謁することは叶わなかった。お酒が入っていらっしゃるのもあって、後光が落とせないようである。

「新年のご挨拶へ馳参じた次第でございます。明けましておめでとうございます。今年も何卒ご高配のほどをお願い致します」

「私にできることなど知れております」

「そのようなことはございません。日輪が上らねば何もかもが凍てついてしまいます」

これは世辞ではない。純然たる事実である。

「それにしても三が日も終わらぬうちにいらっしゃるとは珍しいこと。ここ二百年はなかったことではございませんか？」

「少々、手違いがございまして。まずはご挨拶に伺わねばと急いだ次第です」

「まぁ、明日からが本番でございましょう。戻って休む時間がありますか？」

思っていたよりも時間がかかってしまったので、横になる時間があるかどうか。

「ご心配には及びませぬ。大勢の氏子が待っておりますから。神職の者たちも寝る間を惜しんで勤めに励んでおります」

「あまり無理をなさらぬよう」

「お心遣い誠にありがとうございます」

「そういえば宇迦之御魂《うかのみたま》様が菅原様をお探しでしたよ」

素戔嗚尊《すさのおのみこと》様と鉢合わせしたことで、すっかり忘れてしまっていた。

「でも、もう地上へお戻りになられたのではないでしょうか。なんでも天津甘栗の件で話があるとかどうとか」

「……天津甘栗と私になんの関係があるのでしょう」

さぁ、と天照大御神《あまてらすおおみかみ》様も首を傾げるばかりである。

天津甘栗といえば宇迦之御魂様の大好物である。季節が寒くなるほど神力を高める甘露であると言い、『大晦日の夜に食す天津甘栗には無類のご神徳がある』と周囲に説いているが、そんな話は一向に広まっていない。

「そんなことよりも菅原様は大勢の参拝客の為に、もうお戻りになられた方が宜しいでしょう。明日は元日、大勢の人の子らが祈願に参ります。此度は稀なる年となりましょう。八百万《やおよろず》の神々一同、力を合わせて人の子らを見守って参りましょう。人事を尽くした者には必ずや天命を授けねばなりません」

「過分のご高配、恐懼《きょうく》の念に耐えませぬ。誠にありがとう存じます」

それでは、と深く頭を下げてから座敷を後にする。これで主神への新年のご挨拶は滞りなく終わった。あとは大急ぎで地上へ戻るばかりである。

廊下を全速力で駆け抜ける。御所にいた頃には廊下を走るなど言語道断であったが、この巨大な宝船の中を静々と歩いていたら夜が明けてしまう。お世辞にも足は速くないのだが、それでも懸命に足を動かす他はない。

普段から運動をしていないのが祟って、ろくに走らないうちにゼェゼェと息を切らすことになった。脇腹が痛み、目の前が霞む。こんなことならば普段からもっと運動を心がけておけばよかったと思うが、根っからの運動嫌いなので三日と続かないだろう。

「もう、だめだ」

延々と続く廊下と、左右に並ぶ座敷を眺めながら、膝に手をついて荒い呼吸を整える。

不意に視線を横へやると、座敷と座敷の間に緑色の非常灯が見えた。その下に設けられた見覚えのない扉。

「これは？」

今まで宝船でこんな扉を見つけたことはない。藁にも縋る思いで扉を開けて隙間から外を窺うと、そこは大勢の行き交う参拝客で騒然としていた。呆然と扉から出ると、そこは太宰府天満宮の本殿からほど近い、社務所の扉であった。

「おっと、失礼」

扉を閉めた途端、また扉が開くと今度は驚いた様子の禰宜《ねぎ》が慌てて本殿の方へと駆けていった。そっと中を覗くと、そこはなんの変哲もない事務所である。一瞬だけ、宝船と繋がっていたらしい。こんな真似ができるのは天津神《あまつかみ》の中でも、ほんの一握りの神だけである。

「菅原」

杖で背中をぐい、と押されて思わず振り向くと、そこには珍しく上機嫌な様子の宇迦之御《うかのみ》魂《たま》様が立っておられた。

「宇迦之御魂様」

「おぬしを探しておったのだ。一体どこへ行っておった」

いつもであれば不条理に憤慨するだろうに、今夜は妙に機嫌が宜しい。

「宝船とこちらを行き来して探しておったのよ。会わせたい者がおる」

「いえ、あの勤めに戻らねば」

「たわけ。これも勤めと心得よ」

手を引かれるままに人の群れをするすると避けながら、幼稚園の前に聳え立つ楠に触れる。

すると木肌に小さなドアノブが現れた。宇迦之御魂様はドアを開けると、さも当然のように中へ入っていくので、私もその後に続いた。

楠の中は巨木をくり貫いた螺旋階段になっていて、壁には狐火の灯りが揺らめいている。

「……自分の社にこんなものがあるとは。いつの間に拵えたんですか」

楠の精霊が暮らす家だと言われても信じられるでき栄えである。あちこちにどんぐりなど、木の実が転がっているのが妙に和やかであった。

「出雲でおぬしが死にかけておる間にな、えびすと共にコツコツと作っておったのよ。まず人の目では分かるまい」

天津神が二柱も揃って何をしているのか。人の御領に秘密基地を作らないで貰いたい。

「入るところを人に見られませんでしたかね」

「あれだけの数がおるのだ。誰も気にも留めぬわ。まぁ、幼子であれば見えたやもしれんが、問題はあるまい。ご神徳があろうぞ」

間違いなく大問題だと思うのだが、今更どうしようもないので黙っておく。

螺旋階段を登ってゆくと、巨大な楠の幹の上へ出た。

「あまり端へ寄ると下へ落ちてしまうから気をつけよ。えびすは二度ほど落ちておる。運よく池へ落ちたが、危うく通報されるところであった」

「肝心の眺めは、微妙ですね」

見渡す限りの参拝客である。静かに月を眺められるのならば悪くないかも知れないが、池へ転げ落ちたらどうしようかと気が気ではなかった。

「菅原よ。手水台の辺りを見よ。麒麟《きりん》の隣に立つ男女がおろう」

「おりますね。白いダウンジャケットを着た二人ですね」

年齢は二十代後半ぐらいであろうか。隣に立つ女性も同じくらいの歳だが、婚姻を交わしているようには見えない。恋人関係といったところだろう。

「あの男の方が前に話しておった天津甘栗の小僧よ」

一瞬、なんのことか全く分からなかったが、そういえば今から十年近く前に宇迦之御魂《うかのみたま》様と縁を結んだ受験生がいたらしい。なんでもお使い帰りの神使を見ることができたので、そのまま宴へと招いたのだとか。他の神々が聞いたら羨ましいと癇癪を起こす話である。

「実に生意気な小僧であったが、あれから毎年こうして欠かさず天津甘栗と酒を社へと持参しおる。わしは顔を出させぬが、それでも崇敬を絶やしておらん」

「彼がそうでしたか。なるほど、誠実そうな顔をしておられますね」

そうであろう、そうであろう、と宇迦之御魂様は実に嬉しそうに何度も頷いた。

「しかし、彼らのどちらも受験生ではないようですが」

「む？　勘違いをするでない。わしは我が氏子の自慢がしたかっただけに過ぎぬ。おぬしに何かをさせようなどとは思ってはおらぬわ」

そういうと、袖から取り出した甘栗をひとつ頬張った。

「甘露、甘露よ。そら、あそこに秋思祭の時の童が母御と来ておるぞ。手を離さぬとよいが」

「あちらには春に浪人した娘がおります」

「手水台の前で子を抱いておる母御は、そこな園に通っておった者であろう。あの泣き虫が母となるとは、時が経ちゆくのはまことに速いものよ」

こうしてみれば、新年の希望を抱いて行き交う参拝客のほとんどが見知った顔である。神にとって、人の子の成長と崇敬ほど嬉しく思うものはない。

「氏子の幸は我が幸である」

金色に輝く瞳を氏子へ向ける様子に、自然と頭が下がった。

「何をしておる？」

「いえ、宇迦之御魂《うかのみたま》様の神威に思わず頭が下がった次第で」

「ふん。思えば、生前のおぬしも我が氏子であったな。伏見でのことを忘れておったわ。人の身で神になぞ成りおってからに」

「その節は、誠にお世話になりました」

ふん、と鼻を鳴らしてもうひとつ、甘栗を頬張る。

「さぁ、わしの用件は終わったぞ。早う戻って己の勤めを果たさぬか。嘆願に耳を傾けるが神の勤めぞ。そら、甘露を分けてやる故、もう暫し気を引き締めい」

賜った甘栗を頬張ると、崇敬に満ちた優しい味がした。

握っておられた酒はきっと、ここでひとり静かに呑まれるのだろう。

宝船での宴にも勝るとも劣らない、至上の一献であることは言うまでもないことだ。

冬の章　二　六花慰撫

人の世に繁忙期というものがあるように、神々の世界にもまた繁忙期が存在する。

一年を通して、およそ暇で仕方がないという時期など皆無だが、とりわけ元日の初詣ほど日本全国の神々がのたうち回るほど忙しい時は他にない。大晦日から正月三が日は血涙を流すほど忙しく、おまけに夜には空の上で大宴会が催されるので、そちらにも新年のご挨拶に顔を出さねばならなかった。あまりのハードスケジュールに少しおかしくなる神が続出し、中には国外へ逃げようとする者まで出てくる始末だ。

そして怒涛のような年末年始を超えると、ほとんどの神は一息ついて春を悠然と待つことができた。中には力尽きて春まで冬眠を始める神もおり、春を知らせる為に野焼きをして神々を起こす地域もあるほどだ。

しかし、我が太宰府天満宮はそうはいかない。受験を控えた全国の受験生が合格祈願にやってくるのである。最近は海外からの参拝者までおり、大変な苦労を要する。願いは言語にらないのでなんということはないのだが、大抵の場合は祈願後に帰国するため、あちらの神様へ一筆書いて協力を仰がねばならない。何処の国の、どんな神と、何の話をしているのかを事細かに書くと、争いの火種になりかねないので詳しくは言えない。

ともかく受験生が歯を食いしばって受験に邁進する中、我々も打てる手は全て打たんと必死である。眠る暇も惜しんで昼夜なく働かねばならなかった。

受験生の受験日程の確認も怠ることはできない。家の壁の至る所にスケジュールを貼りつけておき、辞書並みに分厚い名簿に目を通す。ひとりひとり、毛筆で書き記した名前を見つけ出し、受験当日に備えるのだ。

八百万《やおよろず》の神々が協力し合い、受験生が万全の状態で試験に臨めるように最善を尽くす。もちろん何もかもが上手くいくことなどない。不測の事態は起こり得る。当日の朝にインフルエンザに罹患し、涙ながらに不戦敗を喫する学生もいるのだ。そうした者にはせめて少しでも苦痛が和らぐよう、出来得る限りのことをする。

そうして怒涛のような一月を乗り越える頃には私の髪は白く変わり、体重は七キロも落ちて、燃え尽きた後の炭のような有様となった。

精も根も尽き果てて、四畳半の部屋にひっくり返ったまま呆然としている他はない。

窓を開けておくと、神使である鷺の静がコンビニで食事を買って差し入れてくれるのでありがたい。神使には牛もいるのだが、このご時世だとどうしても目立ってしまうし、アパートの外階段が壊れる可能性があった。

横になったまま微動だにできずに仰向けになっている私の視界の中で、鷺が心配そうに飛び回っている。毎年恒例のことだが、心配させてしまって申し訳ない。

「すまないが、お茶を、くれないか」

鷺がすぐさま視界の端に消えて、ふらふらしながらもどうにか小ぶりのペットボトルを持ってきてくれた。しかし、蓋を開けるのは彼女の身体構造上できないので、これぱかりは自分で開けなければならない。

どうにか震える手でペットボトルのお茶を口に含み、嚥下すると思わず涙がこぼれそうになる。

「うぅ、甘露」

まるで急須で入れたような味わいである。ほんの半世紀ほど前ではお茶をこうして買って呑むなど想像もしていなかった。

文明は日々進歩している。

「食事を摂りたいのだが、何か、あるだろうか」

そうして持ってきてくれたのは栄養ゼリーである。なるほど。これは理に適っている。この体調でカツ丼などを食べてしまえば命取りだ。私の神使は有能である。

口に含んで吸ってみるが、とにかく栄養を補給しているだけで、何かを食べているという実感が湧かない。霞を食べる感覚に近いだろうか。いや、霞には味もなければ風味もなく、おまけに栄養もない食感だけなので、味があるだけ素晴らしい。

「ありがとう。また頼む。今日は、もう、寝ようと思う」

そうして一日が終わる。そんな日が三日ほど続いた。

途中、何度か夢を見た。

とても幸福な夢だった。

二月某日。ようやく身体を起こせるようになった私は大晦日から続いた繁忙期の疲れを癒すべく、普段はまず使うことができないタクシーを配車して貰い、ふらふらとした足取りで後部座席へと乗り込んだ。ほとんど歩く屍のような有様だが、タクシー運転手の方は特に気にする様子もない。呑み過ぎたサラリーマンも似たようなものかもしれない。

「どちらまで」

「二日市《ふつかいち》温泉まで、お願いします」

「まいど」

心身を癒すには休息が必要だ。神々にとってその最たる例は温泉である。兎にも角にも温泉である。疲労と共に穢れを落とす。

平安時代、風呂には七福があると仏僧たちが説いていたのを思い出した。貧しい者も風呂へ行けば健康になれると話していたが、実際に風呂に入れば清潔になり、血行もよくなり、新陳代謝があがる。いいことづくめであった。

尤も、当時の風呂は現代のようにお湯を張ったような豪華なものではなく、蒸し風呂だ。お湯を沸かして、その蒸気に皆で当たって汗をかく。銭を取らない仏僧が作り上げた浴場もあったが、平安貴族の中には屋敷に蒸し風呂を作らせる者も多かった。

「お兄さん。大丈夫？　かなり具合が悪そうだけど」

「ご心配には及びません。毎年のことなので」

「繁忙期って奴か。どこも大変だねえ。そんな頭をしているんだから、パンクロッカーかアーティストだろ？」

そういえば髪の毛から色がすっかり抜けてしまっているのを失念していた。

「いいえ、どちらかといえば学者でしょうか」

元がつくが、やはり私は学者というのが自身の本質であるように思えた。醍醐《だいご》天皇《てんのう》より過分な寵愛を賜り、仕事をこなしていくうちに右大臣にまで上り詰めたが、そのせいで家族を災厄に巻き込んでしまったことは否めない。

「二日市温泉へ足を延ばすのも半年ぶりか」

生前、あの辺りは『湯の原』と呼ばれていた。江戸時代には温泉奉行が置かれて藩主である黒田家専用の『御前湯《ごぜんゆ》』で、今の二日市温泉という名前は戦後に九州巡幸で訪れた昭和天皇が二泊なさったのを機に改称したものだ。当時、大変な賑わいで私も近所の人に連れられて歓迎の準備をした思い出がある。写真を撮ろうとしたのだが、現像してみたらまるで違うおじさんが写っていて大層落ち込んだ。

そんな二日市温泉だが、今いち知名度が低いように思う。由緒正しい歴史ある温泉なのだから、もっと観光客が来ても良さそうなものだ。

少なくとも神々の間では、毎年開催される『福岡ベスト温泉ランキング』の上位に入っている。実際、他の神々と鉢合わせすることは少なくない。見た目は何処にでもいる中年や老人なので、人の目からすればなんてことはないのだが、神々の目からすれば中々に稀有な温泉であると言えた。

タクシーが線路を渡ると、目的地まではもう間もない。

「はい。着いたよ」

「ありがとうございます」

財布を出して乗車賃を支払う。こういう時、神功皇后《じんぐうこうごう》様なら携帯電話ひとつでスマートに会計するのだろうが、私は機械に疎いのでこれから先もモタモタと財布を取り出して、やや錆びた硬貨で支払わなければならない。運転手さんの手間を思えば、私が電子決済できるようになるべきだろうか。

タクシーを降りてみると、膝にいまいち力が入らない。おまけに真冬の寒風が私のなけなしの体力を容赦なく奪い取っていく。一刻も早く温泉に浸かる必要があった。

ふ、と顔をあげてみると私の行きつけの温泉の前に、見覚えのある神が建物の外壁にもたれかかるようにして立っていた。しんなりとした白髪に共感を覚えずにはいられない。

「えびすか？」

その声に振り返ったのは、今にも倒れそうな顔面蒼白の我が友であった。疲労困憊といった様子で、霞む目を凝らして私の方を見ると、微かに微笑む。

「ふふ、拙《まず》いな。菅原の生霊が見える。とうとう俺も死ぬのか」

「誰が生霊だ」

「なんだ。息災だったか」

「お前の目は節穴か。どう見たら息災に見えるんだ。見ての通り死にかけているだろうが。お前こそどうした。どうして今更、年始の疲れを癒しに来ている」

「忘れたのか。冬は魚釣りの本番だ。船釣りも磯釣りもベストシーズン。つまり信心深い氏子たちの請願により俺は死にかけている。よって、温泉へ身体を癒しに来たという訳だ」

考えることは何処の神も同じである。

「もう少し暖かくなってからではダメなのか？　どう考えても寒いだろう。こんな極寒の季節になぜ海風に晒されに行くのか」

「魚が海にいるからだ」

どこかのアルピニストのようなことを言う。

ともかく二人でどうにか建物に入り、チケットとタオルをレンタルして男湯の青い暖簾を潜った。それからそそくさと服を籠へ入れて、浴場へ入ると濛々《もうもう》と立ち込める湯気に面食らう。

身体は芯まで冷えきっている。このまま熱湯を浴びれば、心の臓がたちまち止まるかもしれない。こう見えて千歳を超えているので、こういう時には慎重にいかねばならない。

桶にお湯を入れて、試しに指をつけてみたが、あまりの熱さに冷たく感じるほどだ。しかし、しばらくつけておくとじわじわと指先が温まり、痺れるような熱さを感じることができた。

かかり湯をするために、お湯を水で割ろうと移動したその時だった。

「ぎぇっ」

ばしっ、と臀部を誰かに叩かれ、思わず悲鳴をあげた。痛み以上に叩いた手が氷のように冷たかったのだ。

振り返ると、そこには見覚えのある厳めしい顔の老人が立っており、鋭い眼光でこちらを睨みあげた。

「宇迦之御魂《うかのみたま》様。何故、ここに」

「神ともあろうものが何を気弱なことをしておるか。温泉の湯を水で割ろうなど言語道断。かかり湯は豪快にせねばならん。どれ、見本を見せてやろう」

そういうなり桶を手に持ち、豪快にざぶりざぶりと頭からお湯を浴び始めたので私は狼狽した。ヒートショックで心臓が止まってしまったら即座に救急車を呼ばねばならない。死人が出たなどということになれば、温泉のイメージダウンに繋がりかねないのだ。

「どうじゃ」

「はい。お見事でした」

そうであろう、と上機嫌に言って、湯船の中へざぶざぶと入っていく。そうして腰を下ろすと、さも極楽とばかりに息を吐いた。眉間の皺が消え、いつもより五割増しに上機嫌に見える。

「おぬしらも早う来んか」

私とえびすは顔を見合わせて、完全に頭を接待モードへ切り替えた。切り替えが重要なのは、神もサラリーマンも変わらない。

「そう急かさないで頂きたい」

覚悟を決めて、えびすと二人でえいやとお湯をかぶる。あまりの熱さに思わず声なき悲鳴をあげ、飛び上がった。

そんな飛び跳ねる我らを見て、宇迦之御魂《うかのみたま》様はご満悦である。近年稀に見る笑顔だ。

「そう騒ぐでない。他の者の迷惑となろう」

ひぃひぃ言いながら湯船へ浸かろうと爪先を入れると、お湯に噛みつかれたように熱い。壁の温度計へ目をやると四十四度とあるので、かなり高めの湯温である。どうにか熱湯の中に浸かると、風呂というよりも、むしろ鍋でその具材にされたような気になった。神を煮出してなんの出汁を取ろうというのか。

私たちは歯を食いしばって宇迦之御魂様の傍らまで近づいていく。お湯が揺れる度に熱さに目の前がチカチカと瞬くが、熱がゆっくりと身体を温めていくにつれて、えもいわれぬ心地よさに身体が溶けていくようだ。

いい歳をした神が三柱、湯船に浮いている様は如何かとは思うが、心地よいので仕方がない。

「ああ、心地よい」

「うむ。やはり寒い日には熱い風呂に限るわい」

「それにしても奇遇ですね。宇迦之御魂様までいらっしゃるなんて」

「週に一度は足を運んでおる。大昔、大伴《おおとも》のなんちゃらと入ったこともある。アレは菅原の親戚か何かであろう」

「ですから、何度も申しておりますが、歌人がみな親類縁者という訳ではありません」

大伴旅人《おおとものたびと》様のことを仰っているのだろうが、時代が違うので面識すらない。

「同じ歌人であろう」

「それはそうなのですが、そもそも生きた時代が私よりも二百年くらい前のお方です。飛鳥から奈良時代に生きた方ですよ」

そんなものは知らん、とにべもない。

「あ奴も歌が達者であったな。酒が好きでいつも酔うておった。あまり呑むと身体に障るぞ、ときつく言うても聞く耳を持たんでな。おかげで素面の顔がまるで思い出せん。赤ら顔で上機嫌に酔うては、ゲェゲェと吐き戻しておった」

雅やかな歌人としてのイメージが瓦解してゆく話である。どちらかといえば旅人様のご友人である山上憶良《やまのうえのおくら》様の歌の方がより好みなのだが、あの方も宇迦之御魂様と会ったことがあるのだろうか。

「温泉はよい。疲弊した心が癒え、身体の傷もたちどころに治ってゆく。こうして神も人も肩を並べて湯に浸かっておれば、万事何事もうまくゆくような気がして来ぬか」

「そうですねえ」

息を吐くごとに、身体がゆるゆると熱いお湯に解けていくようだ。

ぬるめのお湯に長く浸かるのも良いが、やはり寒さに凍えた時には熱い風呂でなければ物足りない。全身に少しずつ熱が入っていく、この感覚が堪らないのだ。

「そういえば、えびすよ」

「へい」

「おぬし、炬燵を持っておったな。天照大御神《あまてらすおおみかみ》様より直々に賜った伸縮自在の天之自在炬燵《あまのじざいこたつ》を」

「ええ、まぁ。半世紀ほど前に年末ビンゴゲームの景品に賜りました」

「今は何処にある」

「財布の中にあります。……多分」

小さく、聞こえないほど微かな声でそうぽそりと呟く。まさか最高神から賜った品を失くしたのではあるまいな。

私の危惧した様子に気づいたのか、えびすが耳元で囁く。

「考えてもみろよ。出自でいえば、俺の方が年上なんだぜ。幾ら最高神でも、年功序列じゃない？」

出自だけで言えば日本の成り立ちのすぐ後なのだから、神々の長男と言ってもいいのだろうが、公式に子どもとしてカウントされていないので判断に困る。さっさと葦の船で流さずに、十年くらい様子を見ていたら良かったのだろうが、そんなものは後の祭りだ。

「俺、古い神。お前、若い神」

中年の男神が、にやりと笑う。

「漂流していた期間もカウントしたらそうなるだろうけど、ほとんど海の上だろう？　それは神として数えないいんじゃないか」

「そんな馬鹿な。俺が海でバカンスしていたっていうのか？　豪華客船じゃないんだぞ」

コソコソと二人でしょうもない話をしていると、宇迦之御魂《うかのみたま》様が険しい表情でこちらを睨みつけている。蚊帳《かや》の外にされたと思ったのだろう。実際、その通りなのだが、私たちは愛想笑いを浮かべてお喋りをやめた。

「それで、その天之自在炬燵がどうかなさいましたか」

「貸してもらえぬか。明日の夜、宝満山の頂にて雪を肴に雪見酒と決めた。無論、おぬしらもついて参れ。参加を許す」

夜には氷点下を記録することもある太宰府で、おまけに記録的な大雪の降る宝満山の頂で宴をなさるという。正気を疑わずにはおれないが、大真面目に仰っているので始末に負えない。

「炬燵があれば、寒さなど関係あるまい」

「気持ちは分からんでもないですが、俺の自在炬燵は電気がなければ動きませんよ。発電機を持って登山なさるおつもりで？」

外部電源が必要であるのに、どこが自在なのか首を傾げる仕様である。

「そのような野暮なものを持ち込む阿呆があるか。それに電気ならば都合がつく。のう、菅原」

急に話を振られて面食らってしまった。まさか発電機代わりに同行させられるとは思わなかった。

「天神であろう。雷の神威を持つのだから、電気を扱うことくらい造作もあるまい。加減してやらねばならんぞ。天照大御神《あまてらすおおみかみ》様より賜ったものを損なったとあれば、どうなることか。しかと心得よ」

「……私には、なんの益もないのですが」

「八百万《やおよろず》の神が、そのような些末なことに拘ってはならぬ。明日に備えてゆるりと身体を休めるが良い。久々の宴ぞ。楽しみになってきたわい」

立ち上がるなり、洗い場の方へ快活に笑いながら去ってしまわれた。

「ついこの間、年越しの祝いがあったばかりだというのに。あの様子だと他の神々もいらっしゃるのだろうな」

「俺はもう観念した。湯冷めしないよう、せいぜい着こんで行くさ。流石に徒歩で冬の宝満山を登る訳じゃないだろう」

霊峰宝満山の標高は九百メートルにも満たないが、急斜面が続く険しい山だ。麓の竈門神社からほど近い『一の鳥居』を潜り、登山道が始まる。頂上まで一般人の足でおよそ二時間くらいなので、私ならば二時間半はかかるだろう。

「もしそうであれば、私はきっと冬の山で遭難してしまう」

溜息をついた我々の心情とは裏腹に、髪の毛が斑に黒く戻りつつあった。この様子だともう暫くすれば完全に元に戻るだろう。風呂上がりに珈琲牛乳を飲めば完全復活する筈だ。

深呼吸をしてから、改めて熱い湯の中で身体を休める。

隣では、えびすが白目を剥いて茹だりつつあるが、見ないことにした。

柔らかな時間がゆっくりと流れていく。

天井から滴り落ちた雫が、鼻先で冷たく弾けた。

⁘

翌日の夕刻。

太宰府天満宮の裏手にある小高い丘を、えびすと二人で息を切らしながら登っていくと、天闢稲荷《てんぴやくいなり》の社が見えてきた。

天闢稲荷は鎌倉時代に京都の伏見稲荷大社から勧請され、九州最古のお稲荷さんとして名を馳せた。宇迦之御魂《うかのみたま》様御自ら宮司の夢枕に立ち、そのようにするよう神託を下そうとしたが、寝つきの良い宮司であった為にうまくいかず、仕方がないので稚児に根気強く神託を伝えて、ようやく実現したという。

本殿の左側にある小さな石段を進んでいくと、石で囲まれた奥の院がある。昼間は地元の参拝者で賑わっているが、この時間になるとまず人がやってくることはない。

「うむ。足労大義である」

岩の上に腰かける宇迦之御魂様は既に赤ら顔で上機嫌である。

「もう呑んでいらっしゃるのですか」

「味見をしておったただけよ。えびすよ、自在炬燵はあったか？」

「ええ。一応、ざっと拭いてきましたよ」

しれっと話しているが、出発前に私のアパートの前で広げてみたところ、二人で言葉を失うほど汚れていたので、大急ぎで磨き上げたのだ。食べかすがあちこちに付着していて、およそ掃除などしたことがないのは明白であった。

「よしよし。今夜の来賓はやんごとなき女神故な。くれぐれも粗相のないよう気をつけよ」

はて、誰であろうか。宇迦之御魂様が気を遣う女神などそうはいない。そうなると、まず国津神《くにつかみ》ではないだろうから、天津神《あまつかみ》に絞られるが、何せ女神は数が多い。その中でも五穀豊穣を司る宇迦之御魂様が敬う女神といえば、間違いなくその生まれ自体が尊い方の筈だ。

「あ」

想像がついた。が、そうなると由々しき問題が発生する。炬燵は四人用である。そして、私の想像する女神は三姉妹だ。もちろん来賓が炬燵に優先される。つまり、二人は炬燵の外である。この場合は私とえびすであろう。

「菅原。心配せずとも、おひとりでいらっしゃる。他のお二人はそれぞれ会合があるそうだ」

「そうでしたか」

「ああ。宗像三女神《むなかたさんじょしん》様ですか」

えびすは得心したように手を叩いて、それからむっつりと口を引き結んだ。鯨飲という言葉があるが、文字通りにあの方々の呑み方は鯨の如しである。花見の時にも朝まで呑み明かしたが、私は途中で気を失う羽目となった。

会社の小さな集まりに取締役社長がサプライズ参戦するようなものだ。部長と三人で呑もうとしたら、グループ会社の社長がやってきたのと似ている。

「天照大御神《あまてらすおおみかみ》様にもお声がけしようかと思ったのだが、お忙しくていらっしゃるのでな」

そんなことをすれば、夜の太宰府に太陽が昇ることになっていただろう。先の例にたとえれば総裁がやってくるようなものだ。気を遣うどころの話ではない。

「よし。ならば行こうかの」

岩から降りた宇迦之御魂《うかのみたま》様が本殿の方へと降りていくので、私たちもその後に続く。

「えい！」

気勢をあげ、杖を地面に突くと、忽然と目の前に黒い漆塗りの荘厳な牛車が現れた。

「ん？」

しかし、肝心の牛がいない。牛車を牽くには、当然ながら牛が必要になる。これではエンジンの載っていない車のようなものである。三人で仲良く乗り込んでも、何処にも行けずに凍えるばかりだ。

「む？　菅原よ、わしの神牛《しんぎゅう》はどうした？」

「そのように申されましても、なんのことやら。普段はどちらに？」

「無論、高天原《たかまがはら》よ。伏見に置いておっても目立つでな」

そう話した後に宇迦之御魂様の顔色が変わる。

「いかん。そういえば休暇に出しておるのを忘れておった」

「休暇？」

「うむ。年末年始が例年になく忙しかったでな。日頃の労を労おうと肥後国への旅行券をやった。熊本県は阿蘇の山で温泉に浸かり、美食に舌鼓を打っておるであろう」

あろう、ではない。車を牽く牛がいないのだ。これは由々しき事態である。

「よし、菅原よ。こうなれば致し方ない。おぬしのところの神牛を呼ぶがよい。参道の先、西高辻家の門前に座っておろうが」

「簡単に仰らないでください。あの辺りは夜でも散歩にやってくる者が多いのです。突然、牛の像がなくなっていれば大騒ぎになります」

「そうかあ？　そんなこともあるかなー、くらいで済むだろ」

「……恵比寿の像から鯛が消えていたら、どう思う？」

「そりゃあ、大事だ！」

そう。大事である。発覚すれば大問題だ。盗難事件として警察も乗り出してくる騒ぎになるだろう。

「恐れながら、お断りします」

「石頭めが。このわしに徒歩で頂を目指せというか」

「そのようなことは一言も。良いではないですか。宝満山の頂でなくとも。政庁跡は如何です？」

「それでは雪見酒にならんであろう。それに先方にも頂上でお待ち申しあげるとお伝えしておる。今になって足がないので遅参したとなれば、失礼であろうが」

「そもそも車を牽く牛のことを失念していたのは宇迦之御魂《うかのみたま》様ではありませんか。足がないのは私のせいではありません。それでもまだどうしてもと仰るのならば、私が雷雲を呼びましょう。宝満山くらいならひとっ飛びです」

「たわけ。あんなものに乗って無事でいられるのはおぬしだけだ。わしたちは雷に打たれて真っ逆さまとなろうぞ」

加えて言うのなら、雷雲に乗ったことなど一千年の間に数えるほどしかないし、うまく運転できるかどうかも曖昧である。操縦の仕方も座ってみないとなんとも言えぬ。右がブレーキ？　くらいの感覚だ。

「待った、待った。ここで口論していても始まらないでしょう。菅原もペーパードライバーの癖に偉そうなことを言うのはよせ。もう何百年も雷雲なんて乗ってないだろう」

間にえびすが入ってくれたおかげで、少しだけ冷静になることができた。ここで不毛な言い争いをしていても事態は全く解決しない。

「えびす。お前の神使ではどうだろうか」

「鯛に牛車を牽かせるのは無理があると思うが、やらせてみるか」

ものは試しだ、と言うと足元の地面を二度軽快に足踏みした。すると、社の前の地面が波打つように揺れたかと思うと、桜色の巨大な鯛が一匹、勢いよく泳ぎ出た。

「おぉ、これは見事な鯛だのう」

鯛は特に驚いた様子もなく、中空を苦もなく泳いでいる。鰓《えら》呼吸なのにどうして息ができているのかということは、この際どうでもいい。

「しかし、いいのか？　恵比寿像から鯛が消えても」

「大丈夫だろう。こんな時間だ。誰も改めてマジマジと見ないだろうし、俺の氏子はだいたい漁で忙しいからな」

構わんさ、と朗らかに言う。この男はこういう時には、なんとも思い切りがいい。

「しかし、軛《くびき》をかける場所はどうする？」

「紐で轅《ながえ》に結びつけるしかあるまい」

鯛に牛車を牽かせるなど不可能だと思ったが、紐でしっかりと繋いでみると見た目はともかくとして、とりあえず理屈の上では牽けるようになった。

こうして改めて見てみると、悪夢のような光景である。平安時代に用いられた屋形。御簾《みす》の向こうには貴人が座る空間があるのだが、巨大な鯛がとにかく目立つ。

「宇迦之御魂《うかのみたま》様。如何です？　なかなかのものでしょう」

「夢に出てきそうだわい。しかし、背に腹は代えられん。それ乗り込め」

御簾をあげて中へ入り、腰を下ろしてあぐらをかく。シートベルトが欲しいが、そんなものはない。せめて掴まる場所が欲しいと、生前から常々思っていたのを思い出した。

「では参ろうぞ。さぁ、行けい」

宇迦之御魂様の声に応じるように、にわかに鯛が身を翻した。大きく屋形が左右に揺れたかと思うと、地上を離れてぐんぐんと空へと昇っていく。神牛よりも遥かに速い。なんという加速だろうか。

しかし、なんと乗り心地の悪いことか。

少し冷静になって考えてみれば、すぐに分かることである。牛は遅いのではない。丁寧にゆっくりと進んでくれる。左右には動かず、上下運動さえほとんどないのだ。しかし、牛車を牽く鯛は魚である。構造上、尾を左右に振らねば進むことができない。故に、牛車は前へ進むたびに左右に激しく揺れる。乗り心地は最悪であった。

振り落とされまいと私たちは必死に壁に張りついて恐怖に震えていたが、宇迦之御魂様は流石である。どっしりとあぐらをかいたまま微動だにしない。しかし、その顔はかつてないほど強張っており、胸の奥から込み上げてくるものを必死に堪えているようだ。口を真横に結んでいるのは怒りか、或いは恐怖かもしれない。どちらにせよ、鯛に牛車を牽かせるような真似は二度としないだろう。

この日、太宰府の夜空を眺めていた者は、宝満山の頂へ蛇行しながら飛んでいく牛車、もとい鯛車を目撃したに違いない。ご利益の類は一切ないので、早く忘れて欲しい。悪い夢だ。

かつて宝満山は御笠山といった。頭の尖った笠を被っているように見えるから、そのように呼ばれていた。霊峰として名高く、玉依姫《たまよりひめ》様を祀る竈門神社の下宮が麓にあり、頂上には上宮がある。

どうにか到着した鯛車から降りた私たちは、酷い車酔いを起こしていた。神となって千年、これほど気持ちが悪くなったことはない。

それにしても、寒い。頂上にはしっかりと雪が降り積もってしまっている。積雪量はおよそ十センチというところか。改めて、こんな場所で酒盛りをするなど正気の沙汰ではない。

「宇迦之御魂《うかのみたま》様。大丈夫ですか？」

「酷い目に遭うたわい。危うく神としての尊厳を失うところであった」

最後にえびすが下りてきて、鯛を労うように頭を撫でると、地面の中へ鯛車ごと潜って消えてしまった。帰りのことを考えると今から憂鬱になる。酔い止めを買っておくべきだった。バス酔いや車酔いに効くのだから、鯛車酔いに効かない道理はない。

「そういえば玉依姫《たまよりひめ》様はご参加なさらないので？」

「無論お声かけはしたのだが、今日はご実家の竜宮へ帰省していらっしゃる」

「そうでしたか。俺も久しぶりにご挨拶をしたかった」

玉依姫様とはご近所ということもあり、年に何度も顔を合わせている。大変穏やかで包容力があり、縁結びの神でいらっしゃるので恋愛相談で右に出る者はいない。以前、とある事情で結婚相談所のアルバイトをした際には、信じがたい数の縁を結び伝説を残したと聞く。

今宵は満月である。煌々と輝く月光が、太宰府の町ばかりか、脊振《せふり》山地や玄界灘を照らしあげていた。冬の澄んだ空気のせいか、遠く有明海まで見通すことができる。まさしく絶景である。

「息を呑む美しさですね」

「冬の愉しみよ。おぬしはいつも忙しさにかまけて断っておったが、良いものであろう」

「はい。これは来て正解でした。ありがとうございます」

「うむ。えびすよ、そろそろ自在炬燵を準備せい」

「承知」

そう言って、えびすがポケットから取り出したのはしわくちゃになった小さなゴミのようなものだった。どう見ても炬燵には見えない。

「……ポケットのゴミだろう。それは」

「失礼な奴だな。広げた後の姿しか見ておらんからそんなことを言うんだ。小さくしている時はこんなものだ。フリーズドライの味噌汁の具みたいに、神気をかけてやると元に戻る」

お湯をかけるみたいな言い方である。

「よし。この辺りでいいか」

上宮の社の前へ置いて、えびすが掌で印を結ぶ。すると、湯気をあげながらムクムクと大きくなり、いかにも立派な炬燵が現れた。何度見ても、この布団のなんとも言えぬ絶妙な柄は誰の趣味であろうか。小さな子どもが太陽を描いたようにも見え、微笑ましく見えなくもない。

「じゃあ、あとは電源だな。菅原、頼む」

「くれぐれも壊すでないぞ」

「善処します」

炬燵に潜り込んで電源ケーブルを探す。それからプラグの先端を手で握って、じわじわと電気を流していく。塩梅が難しい。感覚としては握力を調整することに似ているだろうか。火をつけるほどの力は出ないので、まず壊れる心配はないだろう。

「おお、温くなってきたわい。よしよし。これならばなんてことはないのう。えびすよ、この社の隣に袋がある筈。取ってくれんか」

「ああ、これですか。どうしたんです、これ」

「わしの氏子に言うて、昼間の内に酒や肴を運び込ませておったのよ。登山が趣味でな。毎週山に登っておるので、こうして神託を下しておいたのだ」

宇迦之御魂《うかのみたま》様はそう言うと受け取った袋から酒を取り出し、それから小型の七輪を炬燵の上へ置いた。防火用の薄い石板を下に敷く。それから木炭を幾つか摘んで、ふっと息を吐くと紫色の狐火が木炭に着火した。七輪の左半分に炭を並べ、その隣に錫《すず》製のちろりを置く。そこへ取り出した酒をなみなみと注いだ。紫炎に染まった炭の上には、小さな網を敷く。

「やはり雪見酒は燗酒に限ろうぞ」

「これは凝った趣向ですね」

「これもワシの生き甲斐よ」

不意に、頭上で光が溢れた。顔を上げると、小さな丸い光の穴のようなものが虚空に浮かんでいる。ギョッとしている私たちの前で、穴の中から音もなく降り立ったのは一人の美しい女性であった。

「多紀理毘売《たぎりひめ》様。今宵はこのような場所へ御足労頂き、感謝致す」

宗像三女神《むなかたさんじょしん》の一柱にして、第一に化生《けしょう》したとされる。つまり三姉妹の長女であらせられる方だ。神代の時代において、天照大御神《あまてらすおおみかみ》様と素戔嗚尊《すさのおのみこと》様の誓約により誕生したとされ、素盞嗚尊様の剣を三つに砕き、それを天照大御神様が噛みに噛んで霧として吹いた際に生まれたのだという。母の腹から出てきた私などとは生まれからして違う。

「宇迦之御魂様。お招き有り難う。冬の山頂で炬燵に入って雪見酒だなんて面白い趣向ですね。高い山から眺める景色も悪くない」

それにしても寒いわね、と言いながら炬燵へ入ると、にこりと笑顔を浮かべる。

「これ、自在炬燵じゃない。私、あの時に景品当たらなかったのよね。でも、これって電気はどうしているの？」

「菅原が電気を起こしています」

「なるほど。さすがは天神様ね」

年齢は二十代半ばくらいだろうか。とにかく目力が強い。お父上である素戔嗚尊《すさのおのみこと》様譲りだろうか。神功皇后《じんぐうこうごう》様とはまた違った迫力のある美女である。

「道真君とは、お花見以来ね。息災でしたか？」

「おかげさまで。ようやく一息ついた所です」

「えびす様は相変わらずね。いい加減、高天原《たかまがはら》に一度くらいは顔を出したらどうです。伊邪《いざ》那《ば》美命《みのみこと》様との仲なら、天照大御神《あまてらすおおみかみ》様が取り直してくださるわ」

「多紀理毘売《たぎりひめ》様。親父とのことは放っておいてください。天照様は俺のことを兄上なんて呼んでくれるが、俺はもう蛭子じゃないんだ。流された先でこうして生まれ直したのだから、もういいんです」

この話はおしまい、とえびすが柏手を打つ。

「無粋なことを言ったわね。今宵は宴に来たのだったわ」

「その通り。まずは杯を交わしましょうぞ」

宇迦之御魂《うかのみたま》様が酒盃を全員に配っていく。藍媚茶《あいこびちゃ》の色の釉薬がかかった、小ぶりなぐい呑み。側面に細かく降り積もる様子を象嵌《ぞうがん》で彫ってあるのは六花、雪の結晶である。

「贔屓にしていらっしゃる八代の焼物でしょう」

「ふふん。雅であろう。底の地肌が指に吸いつくように馴染むのだ」

雪の結晶は大きく分けると八種だが、細かく分ければ百を超えるという。更に細かく見れば、全く同じ文様は二つとないと聞く。見れば四つそれぞれに描かれた結晶は、全てが形が異なっていた。

「よしよし。ちょうど燗も良い頃合いだわい」

「良い香りね。これは地元の蔵でしょう。土地の花の香りがするわ」

「流石ですな。『沖ノ島』という酒でしてな」

多紀理毘売様が満面の笑みを浮かべる。己の社のある神の島の名を冠した酒であれば、これ以上歓待に相応しいものはない。私もやはり梅酒を奉納されると、いつになく嬉しいものだ。

「奉納された品の中に見つけたことがあるわ。丁寧に作られた素朴で良い酒よ。作り手たちも真摯で信心深い」

「ご存じでしたか。燗にしておきました故、ささ一献」

私たちも互いに注ぎ合い、全員で杯を交わす。

口に含むと花の香りにも似た芳香が、熱を帯びて口の中にふわりと広がる。そうして嚥下すると胸の奥にじんわりと温もりが滲んでいくようだった。

「美味しい」

神々が口元を綻ばせて、美味い美味いと口にする。神への奉納品として酒は至上のものだ。手間暇をかけて醸し出された、人の手と自然の麹が織りなす逸品は神を慰める。

「このぐい呑み、素敵ね。愛らしいわ」

「お気に召したのなら、また窯元へ使いをやりましょう」

「ありがとう。妹たちとお父様にも贈るわ」

「心得ました」

「それと、おつまみが欲しいわね」

「イカの一夜干しがございます。暫しお待ちを。そういえば先の出雲での出来事ですが、大《お》国主命《くにぬしのみこと》様のお達しをどう思われますか」

「ああ、天津神《あまつかみ》と国津神《くにつかみ》の約定《やくじょう》についてよね」

天津神の課題であろう。話の内容がいかにも加わり難いものになったので、私は一夜干しの切り身を網の上へのせながら、眼下に広がる太宰府の街並みを眺めた。

千年前。あの頃にも、御笠山に雪が降り積もる様子をあの南館から眺めたものだ。幼い娘たちと身を寄せ合い、寒さに凍えながら暖かい春の訪れを待っていた。

「どうした。難しい顔をして」

「いいや、少し昔のことを思い出していただけだ」

「不幸な頃を思い出しても、何もいいことはないぞ」

「そうでもないさ。幼い子どもたちと過ごした思い出は色褪せることなく、私の中で輝いている。今の世に生まれていればと思うことがない訳ではないが、どうしようもないことだ」

「そういえば生前、宇迦之御魂《うかのみたま》様とはお会いしたことがあったそうだな。京の都ではなく、太宰府で会ったのか？」

「ああ。不敬なことを言ってしまった。許して頂いたが、今でもあんなことを言うべきではなかったと後悔している」

酒を口に含みながら、かつての日々が脳裏を過ぎる。雪を見てはしゃいでいた幼い姿が、瞼の裏に浮かぶようだった。雪で拵えた兎を愛らしいと喜んで、競うように雪を集めていた。

「厳しい冬の中にも楽しみを見つけて、こうして人の営みを眺めていられるのは幸せなことだ」

「……お前のように子どもを愛して思い出す親もいれば、俺のところのように不具の子だからと葦の船に乗せて流してしまうような親もいる。流された赤子の俺はやがて朽ちて死んで、長い時間をかけてどこかの浜へ流れ着いた。そんな俺を見つけてくれた心優しい誰かが、俺を神として祀ってくれた。粗末で小さな社だった。でも、幸を運ぶ神だと言って。そうして俺は手足のない蛭子から、恵比寿神になったんだ」

唇を尖らせながら、ぐい呑みを傾ける。

「祈りとは願いだ。それを聞き届ける存在を神と呼ぶんだ。たとえ人の世には関われなくとも、氏子たちの生き様を覚えておいて、未来へと共に連れていくことはできる」

「えびすは、お父上を許せないのではなく、許さないことで絆を結んでいるのだな」

私がそういうと、えびすは露骨に顔を顰めた。

「ネグレクトの親父なんか別にどうでもいいさ。俺は俺でやっているんだ。それに俺が幾つだと思っているんだ？　親離れなんてとっくに済ませてある」

「ふふ、それもそうか」

誰かが死を悼み、祈りという名の願いをかけなければ、私もえびすも流された先で神としてではなく、人として死に、あの大きな流れへと戻っていただろう。娘や息子のように。

「えびす様？」

「え、あ、はい。なんでしょう」

いつの間に話が終わったのか、多紀理毘売《たぎりひめ》様が携帯電話を手にえびすを手招きしている。

少し困った様子から、妙に胸騒ぎがした。

「ちょうど今ね、ネットで大騒ぎになっているのだけど、これって貴方の鯛よね？」

宇迦之御魂様《うかのみたま》と三人で顔を合わせ、小首を傾げる。インターネットに関わることなど何ひとつしていない筈だ。よもや鯛で空を疾走しているところを撮影されていたのだろうか。

「見てご覧なさいな」

全員で画面に視線を落とすと、そこにはビール瓶や缶ビールが映し出されている。某メーカーのラベルに描かれたえびす神の姿である。にっこりとした縁起の良いとされる恵比寿顔は、本人のそれよりもかなり美化されていた。

「あ」

抱えている筈の鯛が消えてしまっている。

「ふふ、まずったな。ビールのラベルのことをすっかり忘れていた」

「『シークレットラベル発見!』ってもの凄く盛り上がっているみたい。神使を使ったタイミングが悪かったわね。今頃、どこの家でも夕飯時でしょう」

「いえ、心配には及びません。神使なら先ほど返しましたから。ラベルの方もきっと元通りになっている筈です」

「それがそうじゃないみたいよ?　ほら」

つい先ほど投稿されたらしい缶ビールのラベルには、なぜか牛車が横に描かれていた。帰りのことがあるから、と紐を解かずにそのまま戻してしまった。

「ぷっ、ぷくく。ははっ、あははは！」

「うははは！　たわけめ、わははは！　前代未聞だ！」

天津神《あまつかみ》のお二人が腹を抱えて大笑いしている。叱られるよりも、笑われる方が幾らかマシである。

「牛車まで入り込んでいるなんて、あはは！　傑作だ！」

こうなるともう笑うしかない。神とて、ごくたまに間違えることもある。日の本の神々は完全無欠の存在ではないのだから。喜怒哀楽があり、失敗もする。なんなら牡蠣を食べて食中毒で倒れるし、寒さに凍えて風邪をひくこともある。悲しければ泣くし、楽しいことがあれば笑うのだ。


高天原《たかまがはら》に住まう神々とは違い、私たちは人の世に混じって生きている。

人々が暮らし、生きては死んでいく地上で、彼らを傍から見届けているのだ。

誰にも届かない声に耳を傾ける為に。

掌からこぼれ落ちてしまった命を、見落とさないように。

私たちは、人の世で生きていく。

四季の章　匂い起こせよ、梅の花

◇

昌泰《しょうたい》四年一月二十五日のことであった。

唐突に帝より詔《みことのり》が下された。

『右大臣《うだいじん》兼右近衛大将《うこんえのだいしょう》　菅原道真を大宰権帥《だざいごんのそち》に任ずる』

その内容に目を通した時の動揺はとても言葉にすることはできない。大宰権師。つまりは左遷であり、それは実質上の流刑が決定したということであった。ただし、予感はあった。十八で式部省試を突破し、文章生《もんじょうしょう》となり、自分でも驚くほどの昇進を続けてきた。出世したいと思ったことは一度もないが、ただひたすら仕事をこなしていくほどに位階は上がり、ついには右大臣という過分な地位を得てしまった。私の家格からすれば、異例の出世だ。妬み嫉みが集まるのは分かっていたことだ。

讒言《ざんげん》をしたのは、大納言の藤原時平《ふじわらのときひら》殿だろう。しかし、不満を持っていたのは彼だけではあるまい。藤原姓ではない学者が出世するのが面白くないという者は幾らでもいる。親しげに交際しておきながら、裏では私の陰口を言っていたなどということは珍しくもない。

「それでも私は誠を以って帝にお仕えしたかっただけなのだが、うまくはゆかぬものだな」

勅書を丁寧に折り畳んで、どうしたものかと思案する。齢五十七にもなって遠く筑紫の地に流されるのは辛いが、それ以上に一族に累が及ぶことの方が辛かった。ほとんどの子どもたちは成人しているが、息子たちは連座となるだろう。嫁いで菅原の家を出た娘たちは、せめて無事でいてほしい。

「大宰府への左遷が決まったようだ。帝より詔を頂いた」

「……どうして何の罪も犯していない旦那様が、そのような目に遭わねばならぬのでしょう」

そう漏らした妻の宣来子《のぶきこ》は涙を流すのではなく、むしろ毅然とした態度で唇を噛んだ。狼狽し、泣き叫ぶような女性ではない。

「帝を責めてはいけないよ。讒言をした者たちには心当たりがある。しかし、お前はともかく実家へ帰りなさい。いずれは高視《たかみ》を頼るといい。あの子も流刑にされるだろうが、やがて私が死ねば恩赦となる筈だ」

「本当に大宰府へ行かれるのですか」

「帝の詔には従わねばならん。問題は、小紅《こべに》と熊《くま》の行く末だ」

紅姫《べにひめ》と隈麿《くままろ》は七つと四つになったばかり。あの子らの母は子を成してすぐに死んでしまった。

「旦那様。二人は私の実家、島田《しまだ》家へと連れて帰ります。あの子たちのことは赤子の頃からよく見ております。綾子《あやこ》の子は、我が子も同然です」

紅姫と隈麿の母、綾子は、宣来子の歳の離れた友であった。かつて他家へ嫁いだことがあるのだが、すぐに夫に先立たれてしまい、寡婦となっていたのを見かねて、宣来子が私の側室にと推したのだ。綾子は繊細で美しい女性だったが、とかく体が弱く、隈麿を産むとすぐに死んでしまった為、宣来子が母同然に育ててきた。実際、二人は宣来子のことを母上と呼び慕っていた。

「申し出はありがたいが、それは難しいだろう。島田家にも累が及びかねない。他の娘たちをどうか頼む」

私の師であり、宣来子の父でもある忠臣《ただおみ》殿がご存命であったならば、また話は違っていただろうが、現当主である仲平《なかひら》殿はきっと実の妹と血をわけた姪子以外を受け入れることはできないだろう。宮廷での立場を危うくする行為だ。

「……ですが、小紅たちには他に身寄りがないのですよ？」

「分かっているとも。あの子らは私が共に連れていく他はないだろう」

「子を連れていくことなど、そんなことができるのですか？」

「流刑であればできなかっただろう。しかし、あくまで左遷である以上は家族を伴うことを不許可にはできない筈。いずれは京の都へ帰れるよう友人に頼らねばなるまいが、まずは側に置いておくことが肝要だ」

老いてから授かった二人の子ども。私の他に肉親はおらず、身寄りもない。あの子たちの生活だけは守らねばならない。時平殿のことだ。幼い子どもにも容赦はすまい。

「いつ発つように書かれているのですか」

「二月一日に発たねばならない」

「なんて酷い。もう七日と共におれないではありませんか」

怒りと戸惑い、悲しみが入り混じった声で嗚咽を堪える妻の背を撫でることしか、今の私にできることはない。夫として情けなく、申し訳ない限りだが、もう何もかも決してしまってはできることは限られている。

「人の生涯において、決まった土地などというものはないのかもしれない」

「物分かりの良いことを仰らないで。今生の別れとなるのかもしれないのですよ。大宰府だなんて余りにも遠過ぎます」

どこなのですか、と憤る。

京の都を離れたことのない妻には、この国の地理もよく分かってはいないだろう。西南へ下ること三千里。山を越え、海峡を渡り、筑紫の国に大宰府はある。

「大伴旅人殿や山上憶良殿の詩歌が残る土地だ。一度、行ってみたいとは思っていたんだ」

「もう。こんな時にまで詩歌のことを考えていらっしゃるなんて」

くすり、と僅かに微笑む。私よりも五つ年下の妻は、いつも私を励まして背中を押してくれる。聡明な妻は、きっとこれから先のことをよく理解しているだろう。

「悲嘆に暮れないでおくれ。左遷されるのは辛いが、きっと神仏がよくしてくださる筈だ。小紅たちのことも任せて欲しい」

「旦那様。あのくらいの歳の子どもたちの世話は、思っていらっしゃるよりも遥かに大変なことですよ。女房もいないのですから。高視たちの時のようには参りませんよ」

「子どもたちのことはすっかり任せていたから、良い罪滅ぼしだ」

許された残り僅かな時を家族で過ごすのならば、悲嘆に暮れた顔ではなく、笑顔を見たいものだ。その光景を私は目に焼きつけておきたいと願わずにはおれなかった。

同年二月一日。

幼い姉弟の紅姫は齢七つであり、私はこの子を「小紅」と呼んだ。弟の隈麿のことは

「熊」と呼ぶ。勝ち気でお転婆な小紅と、少しぼんやりしたところのある熊は仲の良い姉弟である。

「父上。どうして母上と離れなければならないのですか？」

出立の朝、小紅が不思議そうに首を傾げてそう尋ねた。ずっと聞きたかったのだろうが、きっと言えずにいたのだろう。

「小紅。父は仕事で遠く大宰府のある筑紫国で暮らさねばならない。母が病を患っていることは知っているだろう？　故に母は治療に専念する為に都に残るのだ。大丈夫、母には姉様方がついていてくれるし、小紅たちもいずれ都へ戻ってくることができるからね」

「本当ですか？　熊、よかったね。またみんなに会えるよ」

こくこく、と嬉しそうに頷く熊は姉にぴったりとくっついている。歳の離れた兄姉が多いこの子たちは、みなにもたいそう可愛がられていたが、歳の近い姉弟は二人しかいなかった。

「ちちうえ。だざいふはとおいのですか？」

「そうだなあ。お前たちが想像するよりも、ずっとずっと遠いとも」

おいで、と幼い二人を膝の上に乗せた。小さな肩を抱き寄せると、きゃあきゃあと子猫のように戯れる。

「都を離れるのは初めてだろう。長い、長い旅になる。色んなものを目にしなさい。匂いを嗅いで、触れて、時には味わって。見たことのない国の様子を学ぶといい。分かりましたか？」

はーい、と声を重ねて手を挙げる様子が何とも愛らしい。

屋敷の中は支度で慌ただしい。間もなく朝廷の配した牛車が迎えに来る。そうなれば、もう二度とこの屋敷へ戻ってくることはないだろう。昨夜のうちに庭の梅や松、桜の木には別れの歌を詠んだ。たかが木々という者もいるだろうが、命が宿らないものがこの世にあるだろうか。

幼い子どもたちを帯同することを朝廷は許可した。他に帯同が許されたのは、老いた従僕の作助《さくすけ》だけである。杖がなければ長旅ができぬような老人ならば、と甘く見たようだが、作助は父の是善《これよし》の代より仕えており、腕も立つ上に足腰の強さも尋常ではない。悪人が家に忍び込もうとした時など、ひとりで五人も叩きのめしてしまった。

ともかく私を含めた四人が、今から京の都を発つのである。

やがて昼を迎える直前に役人が牛車を連れてきたが、これが酷いものだった。牛車のみすぼらしさもそうだが、それを牽く牛は酷く老いていて、早くも息を切らしている。

「陰湿な嫌がらせをするものだ。作助、どうだね」

「手入れをしながら向かうしかないでしょうな。車輪も堅牢に作られていませんよ」

「菅原様。本当に申し訳ありません」

そう謝罪してきたのは牛車を持ってきた若い役人で、見れば涙を流している。

「上から足弱車《あしよわぐるま》を持っていくようにと厳しく言いつけられて、他のものをご用意することも叶いませんでした。お許しください」

衣の袖で涙を拭う顔には見覚えがあった。何度か書類の受け渡しをした時に会話をしたことがある。詩歌を作るために思索に耽っていたのを思い出した。

「顔を上げてください。君が謝ることではありませんよ」

年若い彼のように誠実な人が、私のために涙を流してくれているという事実に救われる思いがした。私が帝に対して、決してあのようなことを画策したのではないのだと知ってくれている者がいるというのは、ただ喜ばしい。

見送りに集まった一族の者たちを前に何を話そうか、ずっと考え続けていた。涙で痛ましい別離にしてしまうのは互いの為にならない。ましてや幼い子どもたちの不安を煽るような言葉を聞かせる訳にはいかなかった。

「人の一生とは過ごしてみなければ、どうなるか分からないものだ。右大臣にまでなったが、この歳で大宰府に左遷されることになるとは夢にも思わなかった。謂れなき罪によって一族も散り散りとなるだろう。だが、神仏はきっと誠の行いをご覧になっている筈。自棄になってはいけない。家名に恥じることのないよう努めなさい」

きっと今生の別れとなるだろう。しかし、希望だけは残しておかなければいけない。心中を吐露するのは詩歌の中だけでいい。

「宣来子。行ってくるよ。娘たちを頼む」

「はい。お早いお帰りをお待ちしております。さぁ、小紅、熊、二人とも今のうちに可愛い顔をしっかり見せておくれ」

駆け寄った二人が、宣来子の衣に額を擦りつけるように甘える。まるで遊びに出かけるような幼児の陽気さを目の当たりにして、家人たちは隠れて涙を拭った。

「父上の言いつけをきちんと守るのですよ」

はい、と花が咲いたような笑みを浮かべる子どもたちを、妻は震える手で掻き抱いてから、ようやく二人を牛車へと乗せた。

これ以上の言葉は妻との間には要らない。視線を交わせば、自ずと互いの言いたいことは伝わるというものだ。

「作助。頼んだよ」

「ええ。旦那様。任せてください」

御簾を下ろして、牛がゆっくりと歩き始めた。軋んだ音を立てる牛車から家人たちへ手を振って、私たちは不帰の旅へと出発する。

左遷された先、大宰府で己がどのような結末を迎えるかは覚悟をしている。老いて先の短い命だ。しかし、幼い子どもたちの行く末だけはあらゆる術を講じて守らねばならない。

岐路に差し掛かると、何も言わないのに作助が牛車の歩みを緩めた。破れかかった御簾の向こうに見える宮門を断腸の思いで眺める。宇多天皇、醍醐天皇と二代に渡って賜った尊い日々を思うと目頭が熱くなっていくのを感じた。

「父上。どこか痛いのですか？」

「いいや。どこも痛くなどない。この目に京の都を焼きつけているのだよ」

小紅の頭を撫でてやると、心地よさそうに目を細める。熊は物珍しそうに通りを眺めているが、幼い二人は自分が今から何処へ向かうのか、知る由もあるまい。

こぼれ落ちた一粒の涙が頬を伝う。

「さぁ、二人とも。父に今様《いまよう》を聞かせておくれ」

手を取り合った子どもたちの幼い歌声が牛車に響く。

作助が洟を啜る音がした。

手拍子と共に、牛車は都を後にする。

筑紫への道中は過酷を極めた。それでも駅亭に泊まることができたのは大きい。主要な街道に置かれたそこでは牛を休ませ、簡素な食事を摂り、身体を横にして寝ることができた。

作助は老齢ながらも頑丈で、宿についてからも身の回りのことや子どもたちの世話をしてくれた。そこまでせずとも良い、と労っても頑として聞かない。

「旦那様。これはアタシの仕事です。人の仕事を取っちゃなりません」

熊の身体を水で絞った布で拭いてやりながら、心底困った顔をしてそう答える。気持ちは嬉しいが、私は大宰府へついてきてくれただけでも十分に感謝していた。私よりも老齢であれば、余生は都で静かに過ごしたいだろうのに。

「大宰権帥というが、名ばかりで罪人の扱いを受けるだろう。出仕も許されず、給金も貰えぬ。やがては食うにも困ることとなろう。お前には、とても返せるものがない」

「旦那様。アタシは好きで仕えさせて頂いていますから、そんな心配はいりません。ただね、どうしても分からないことがあるんです。どうして旦那様のような立派な方が地の果てのような場所へ流されなければいけないんです？　亡くなられた大旦那様よりも立派にお勤めを果たしておられたじゃありませんか」

「そうか。すまない、まだ事情を説明していなかったね」

熊に服を着せて茣蓙《ござ》を敷いて、子どもたちを横にする。そうして衣をお腹の上へ被せてやると、すぐに穏やかな寝息を立て始めた。

「こんな愛らしい童たちが、どうしてこんな目に遭わなきゃならないのですか。それがアタシにはどうしても分からない」

子どもたちを起こさないよう、声を潜める作助に私は笑いかけた。私についてきてくれた彼には知る権利があるだろう。

「分かった。日が暮れてしまうまで話をするとしよう。作助、私は先の帝であらせられる宇多天皇にお仕えしていた。帝には三人の皇子がいらっしゃる。第三皇子の斉世親王《ときよししんのう》はお前も知っている通り、私の娘である寧子《やすこ》の娘婿だ。しかし、践祚《せんそ》なされたのは第一皇子である敦《あつ》仁《ひと》様だ。当然のことだ。それ故に私は新しい帝が擁立されたのを見届けてから寧子を入内させたのだから」

「……それが、どうして左遷に繋がるんです」

素朴な反応に思わず苦笑してしまう。本当にその通りだ。どうしてそれがこんな結末を招いてしまうのだろうか。

「敦仁様はご立派な方だ。しかし、周囲の声に耳を傾け過ぎる性分でもあられた。広く多くの声を拾い上げることは素晴らしいが、そこには讒言が混じることが多分にある」

「誰かが根も葉もない噂を帝の耳に入れたというのですか」

「私が娘婿の斉世親王を譲位させようと画策している、と多数の公卿が証言したそうだ。勿論、私はそのような不忠を考えたことはない。だが、藤原の人間ではない者が中枢にいるのが我慢ならなかったのだろう」

誠心誠意、天皇《すめらみこと》に仕えてきた。そんな私が『廃立《はいりつ》』を謀ったという罪状を背負わされたことは耐え難いものがある。

「お労《いたわ》しや。アタシは悔しくてなりません。この世には神仏はいないのですか」

「作助。神仏はきっとおわす。私たちの行いを必ず見ておられるよ」

彼方に見える山の稜線に、日が沈むと室内は薄墨を垂らしたように暗くなってしまった。

「夜明けと共に発つ。よく寝ておきなさい」

「お休みなさいませ。旦那様」

そうして横になると、不安と悲しみがひたひたと心に押し寄せてくる。零落した我が身、都に残した子どもたちのことを思うと、不甲斐なさに眩暈がした。

嗚咽を噛み殺して、眠りに就く。

筑紫国は遠く、道は険しい。

筑紫国までの道中、宿駅で牛を替えながら進んでいくことになるのだが、配されたのは蹄の割れた老いた牛であった。岸へ渡る際に手配された船は船尾が壊れており、足元を水が侵すので気が気ではなかった。

駅亭で泊まりを重ねながら、三千里に半ばする道程を進んでゆく。旅に飽いた子どもらを野原で遊ばせ、時折思い出したように母を恋しがって泣く子らを宥《なだ》めすかして旅を続ける。途中、何度か野盗の類が襲おうと近づいてくることがあったが、作助が難なく打ち据えて追い払ってくれた。老いても腕は衰えるどころか、技は冴えているように見えた。

宿で配される膳は僅かばかりで、それらも子どもたちに優先的に食べさせているせいか、体重は落ち続けていた。せめて髪を切り、髭を整えることができれば心持ちも変わろうが、左遷された身にはそのような余裕などない。

慰めになったのは、幼い二人の子どもたちだ。私は子どもらを救うべく連れてきたが、その実、慰撫されているのは私の方だった。野原を転ぶように駆け回り、小さな花の冠を作って無邪気に笑う姿を眺めていると、悲嘆に暮れる心が温かくなる。

詩歌に旅の様子を記しながら、なるべく読んだ者の哀愁を誘うことを意識したのは、偏《ひとえ》に流罪に処されたであろう息子たちの減刑を願ってのものだ。この詩歌を京の誰かが目を通す時、それは私の死後であろう。もし帝の目に留まることがあれば、同情によって遺された家族たちに慈悲が示されるかもしれない。

旅の途中、寂れた村を幾つも見かけた。だが、暮らす人々は笑顔を浮かべていることが多かった。都で暮らしていた私には酷い暮らしに見えても、この国で暮らす人々の殆どがこうした暮らしを送っているのだ。大人たちは簡素な麻の服を着て、幼い子どもは下穿きしか身につけていなかった。それでも不思議と大人も子どもも笑っている。

そうして泊まる駅亭も五十を超えた頃、ようやく私たちを乗せた船は博多へと辿り着いた。

上陸した博多は大陸の大国唐との玄関口でもあり、海を通じて貿易を行う巨大な都だ。京の都を出てから、最も大きな都市だが、兎にも角にも人が多い。特に漁師が多いようであったが、中には胸や肩に刺青を施している者がおり、いかにも文化が違う。

そんな男たちの中で年長の者が私の元へ挨拶にやってきた。名を水丸《みずまる》といい、聞けば海人《かいじん》族《ぞく》であるという。日焼けした褐色の肌、分厚い胸板をした男たちは皆一様に潮の香りがした。

「遠路はるばる貴人がいらしてくださったことをみなが感謝しております」

「誤解です。私は左遷された身ですから、あなた方が思っていらっしゃるような者ではありません」

「いいえ、常人にはない気高さがございます。如何でしょうか。温かい茶がございます。少し休憩していきませんか」

その申し出には流石に驚いた。団茶は貴族の呑み物である。庶民の口に入ることはまずない。もし手に入ったとしても、高価なものであることには変わりはない筈だ。

「博多には様々な国の商人が参ります。珍しいものが思わぬ所から手に入ることもあるのです。お子様たちには甘い菓子もございますよ」

「では、ありがたくご厚意に甘えたいと思います」

浜へ降りると、足腰が随分と萎えているのが分かった。手足が鉛のように重たい。手首は更に細くなったように思う。髪も髭も白く、さぞ見すぼらしい姿だろう。

「どうぞ。こちらへ」

子どもたちと手を繋いで、案内されるがままに進んでいくと、船のとも網を輪にして円座を作っている。その上座へ座るよう言われて、思わず笑みがこぼれてしまう。人から迎えられる喜びを久方ぶりに思いだした。

「お招きありがとうございます」

「どうぞ。海風で冷えた身体を温めてくださいますよう」

団茶は別名を餅茶《へいちゃ》ともいい、蒸した茶葉を粉状に挽き、仕上げの段階で餅のように固めたお茶である。呑む時には必要な分だけ切り取って火で炙り、それを粉にしてから熱湯を注いで呑むものだ。

「ああ。美味しい。懐かしい味が致します」

「お子様たちには唐菓子《からがし》をどうぞ」

差し出された唐菓子は米粉を練って油で揚げて日持ちするように拵えた品のようで、一口齧ると茹でて潰した小豆が入っている。懐かしい甘味に長旅の疲れが癒されていく気がした。

「唐菓子まで頂けるとは。重ねて御礼申し上げる」

「気に入って頂けたのならよかった。もし差し支えなければお名前を伺っても宜しいですか」

「失礼しました。私は菅原道真と申します」

「やはり貴方が京よりいらしたという右大臣殿でしたか」

水丸殿の顔にはこちらを値踏みするような嫌らしいものはない。むしろ同情するような優しげな瞳で菓子を頬張る子どもたちを見た。

「謂れなき罪によって元右大臣が大宰府へやってくる、という噂が巷間に流れておりまして。大宰権帥となられるとか」

「それは建前でしょう。おそらく出仕は許されぬ筈。前例を考えれば永蟄居《えいちっきょ》になりましょう」

「そうでしたか。お辛いですな」

「これも勤めです。それにしても博多の街は活気がありますね。人種も様々なようで驚きました。家々も密集していて、土地がまるで足りていないようだ」

「人が多い分、悪人も多いので困ったものです。悪どい商売をする者もおりますから、買い物などはなさらぬ方がいい。どうしてもという時には、私と同じ氏族に声をかけてください」

「お心遣い感謝します。ところでこちらの方は刺青を入れている方が多いようだ」

「魔除けです。海には魔物もおりますから」

「土地に永く住んできた一族の証ということですな」

浜からこうして眺めているだけでも、数えきれないほどの船が湾の中にある。小島も幾つか浮かんでおり、遠くにはそれらよりも大きい島が見えた。

「あれも島ですか」

「志賀島《しかのしま》と申します。陸地と地続きになっておりまして、船を用いずとも行き来ができます」

「ああ。では志賀海《しかのうみ》神社があるのはあちらでしたか」

「なんと。ご存じですか」

「綿津見《わたつみ》三神を祀ると聞き及んでおります。古の世に神功皇后《じんぐうこうごう》様が立ち寄られたとか」

「博識でいらっしゃる」

こうして話してみると、都とは風俗も慣習も何もかもが違う。彼らが呑んでいるという酒は都で呑まれているものとは違い、私は口にすることができなかった。しかも、食事は大陸の色合いが濃く、香辛料もふんだんに使われている。

「道真様。ここ博多から大宰府まではもうそれほど遠くはありませぬ。途中、水城《みずき》を越えればすぐに大宰府となります」

水城というのは白村江《はくすきのえ》の戦いの後に、大陸からの侵攻に備えて作られた長大な堤である。高さは大人の男を縦に七名並べたほどもあり、外濠には水が流れていると聞く。防人《さきもり》たちが守る、この国の防衛の要である。

「大宰府には貴方を一目見ようという有象無象がおりますでしょう」

「それは憂鬱ですな」

「お子だけでもそうした視線から守れるよう、良かったらこちらをお使いください。おい、先の商人から買い取ったものを持ってこい」

そうして年若い部下が持ってきたのは変わった模様の巨大な布であった。触れてみると絹や麻の類ではない。動物の毛織物のようだ。

「羊の毛です。唐の北部の草原地帯に暮らす部族が織ったものだとか。水を弾き、綿よりも温かい。小さな子どもなら二人くらい簡単に包むことができるでしょう」

「水丸殿。お気持ちはありがたいが、私には返せるものがないのです。出会ったばかりの方にこれほど高価な贈り物を頂く理由がありません」

しかし、水丸殿は子どもたちのことを眺めながら首を横に振った。

「幼い子どもを伴ってくるという噂を聞いた時、私はにわかには信じられませんでした。しかし、連れてこなければならない余程の理由があったのでしょう。私にも七人の子がおります。二人は幼い頃に病で亡くしてしまった。そして道真様は私よりも過酷な身の上でありながら、子どもを連れて長旅を越えていらした。慈悲深いことだ。余人に真似ができることではありません。同じ子を持つ親として助力したいのです」

真摯な言葉に思わず目頭が熱くなった。都を落ちて、遠く離れた僻地へやってきてしまったと思ったが、心ある方が此処にもいた。そう思うと涙が止まらなかった。頂いた織物を胸に抱いて、謝辞を述べたが、うまく言葉にならなかった。

水丸殿たちに別れを告げて、牛車は緩やかに官道を進む。迎賓館である鴻臚《こうろ》館《かん》から真っ直ぐに大宰府へと伸びた官道は都のそれと比べても遜色のないもので、唐の国の使者が通るに相応しいものだ。

先の博多の浜辺で小紅と熊は、漁師の子どもたちと波打ち際で楽しそうに遊んだせいか、今は疲れてぐっすりと眠っている。穏やかな寝息を立てている様子は愛らしく、血色もいつもより良いように見えた。旅の疲れが幾らかは取れただろう。

「旦那様。楼門が見えてきました。あれが水城ですか」

御簾の向こうへ視線を投げると、礎石を用いた立派な四脚門《よつあしもん》、瓦を葺いた二階建ての楼門が見えた。門の左右には巨大な土塁がどこまでも延びている。

「そのようだ。しかし、立派なものだな」

「端が見えませんぜ。おっかねえ」

「ああして防人が夷狄《いてき》から国を守ってくれているのだ。感謝せねばな」

外濠にかかった橋を渡ってゆく。この水城を越えれば大宰府はもう目と鼻の先だという。

「紅姫様たちをお起こしすべきでしょうか」

「いや、この様子なら暫くは眠っていてくれるだろう。恐ろしい思いをさせたくはない」

大宰府へ近づいていくにつれ、行き交う人の数が多くなっていく。想像していたよりもずっと栄えているようだ。牛車に気づいた人々が後からついてくる様子を感じながら、大宰府へと進んでいく。

朱雀大路にある政庁前の賑わいは想像していたよりも遥かに多い。騒然と人だかりができているのを見て、思わず胸に重い鉛のようなものが広がっていくのを感じた。

朱色塗りの絢爛な南楼、朱雀門の前に牛車が停まる。

京の都を離れて一月あまり。朱雀大路には数えきれない程の人間が集まろうとしていた。

「作助。子どもたちのことは任せた」

「はい。旦那様」

牛車を降りると、大勢の者たちが好奇の視線を無遠慮に投げつけ、心ない言葉を口々に吐き出す。長旅の疲れですっかり萎えてしまった足で懸命に立ちながら、吐き気を催すほど心が震えていた。

騒ぎを聞きつけた役人が数名やってきて拝跪《はいき》した。

「長旅の末の御到着、伏してお喜び申し上げます」

「そのようなことをする必要はありません。顔をあげてください。菅原道真、罷《まか》り越してございます。どうかお取次ぎを」

一歩進もうとした私を立ち上がった役人が制する。

「僭越ながら申し上げます。令によりて此処より先へ進むことは許可できないのです」

心底申し訳なさそうにする役人は若く、その表情には戸惑いと罪悪感が見て取れた。これが彼の思惑に反したものであることは間違いがない。

「そうでしたか。大宰権帥を拝命したとはいえ、私は罪人であるということですね」

罪人を役所に入れる訳にはいかないだろう。

「では、何処へ行けば宜しいか」

「ご案内致します。どうぞ牛車へ」

足元の感覚がない。もう立っていることさえ辛い私を見兼ねて役人が身体を支えてくれた。老いた私を支えながら、彼は唇を噛んでいた。

「申し訳ございません」

「貴方が謝る必要などありませんよ。役人は上役の命令を聞くもの。貴方は何ひとつ間違ったことはしていないのですから」

どうにか牛車の中へ戻ると、もう身体を起こしたままにはできなかった。

「こんな小さな童子たちまで」

「他に術がなかったのです。お願いします。一刻も早く、此処から離れたい。人々の好奇の視線から逃れたいのです」

「分かりました。今すぐに」

御簾を下ろして役人が牛の手綱を作助から預かり、群がっていた人々を叱りつけて散らした。他にも数人の役人が加勢にやってきて、ようやく牛車を動かすことができた。朱雀大路を南下し、政庁に背を向けて離れていく。

「己が長を務める府に足を踏み入れることすら許されないとは。嘆かわしいことだ」

今まで目を逸らそうとしていた現実を突きつけられたような思いがした。

これから私たちはどうなるのか。

それを冷静に考えることは、今の私にはどうしてもできなかった。

暖かな春の訪れは遠く、厳しい冬はなかなか立ち去ろうとしない。

◇

私たちの大宰府での住居は「府の南館」と呼ばれる寂れた官舎であった。

埃の堆積した官舎の中は荒れ果てて通路は塞がり、瓦は砕けて天井にも穴が開いてしまっていた。雑草の生い茂った庭にはワサビの古根がはびこり、庭の井戸は砂で埋もれて使い物にならない。このままではとても暮らしてはいけないので、作助と片付けをすることにした。

「旦那様は休んでいらしてください」

「疲れているのは作助も同じだろう」

幼い子どもたちも手伝うと言って聞かなかったが、とても見ていられないので庭で遊んでいるように言ってから、老人二人で片付けを続ける。ともかく家の中を掃いてしまわねば、荷物を運び入れることもままならない。

「歳は取りたくないものだ。身体がまるでついてこない」

「全くですな」

休み休み作業をしなければ、今にも死んでしまいそうだ。

そんな私たちを見兼ねたのか、数人の住人たちが声をかけてくれた。聞けば近所に住まう者たちで加勢をしてくれると言う。中には年嵩の子どもたちもいて、娘たちの相手をしてくれる。

「都の偉い方が流されてくるとは聞いていたけど、何もこんなボロい所に住まわせなくてもいいだろうに。お上も酷い仕打ちをなさる。年寄りが無理をしたらいかんですよ」

方言で所々聞き取れなかったが、大方そのようなことを言ってくれているようだった。作助は無礼だと唇を尖らせていたが、私は此処では新参者である。おまけに住む場所を片付けることすらままならない。

「感謝します。ありがとう」

そうして頭を下げると、私たち二人は庭の岩に腰かけているように言われた。年寄りは作業の邪魔ということらしい。事実、彼らの働きぶりは目を見張るほどで、大工が数名いたのか、傷んだ箇所を取り壊し、不要な木材を用いて修繕しようとしていた。

「旦那様。助かりましたな」

「ああ。ありがたいことだ。彼らにはなんの益にもならないのに」

せめて何か返せるものがないかと思案したが、元より荷物など僅かしか持ち合わせていない。謝礼に渡せるものがないというのは、なんとも情けないことだ。

「見てくださいよ。紅姫様たちを」

庭へ目をやると、大きな榎の木の周りで声をあげて楽しそうに遊んでいる。小紅は男児を追いかけ回し、熊は枝を使って地面に絵を描いていた。

「親では埋められぬ穴があるのだな。左遷された地であろうとも、子どもの無邪気さは何も変わらない。愛らしいことだ」

「旦那様が共にいらっしゃるからですよ。眠っていらっしゃる時にも小さな手であなたの手を握って離さないではありませんか」

「そうだろうか」

ええ、と言って作助はすっかり白くなった頭を掻いて笑う。

「姫様たちには、旦那様が全てなんです。アタシはお優しい旦那様をお助けしたくてついて参りました。姫様たちもきっと旦那様からお離れになりたくなかったのですよ」

「そう言ってもらえると救われる。ありがとう、作助」

衣の裾にしがみついてくる幼子を、どうしても置いていくことができなかった。それがたとえ、流刑の先であろうとも、生きてさえいれば道は繋がる。

「作助。頼みがある」

「へい」

「私は元より臓腑を病んでいる。このような境遇ではそう長くあるまい。五年と経たずに死ぬだろう。そうなれば幼い子らへの監視は緩む。その時には、あの子らを連れて高視の元へ向かってくれぬだろうか」

私の言葉に作助は苦虫でも噛んだように顔を歪めた。

「なんです。私より若いのに、もうそのようなことを仰るんですか。無実の罪が晴れるやもしれません。それまでは生き抜くのです。そんな大役をこんな老いぼれに任せないで頂きたい。ご免ですよ、アタシは」

「だめかね。良い案だと思うのだが」

「生きている間は、人は歯を食いしばって生きなきゃならんのですよ。殿上人にはお分かりにならないかも知れませんが、生きるってのは元来辛いことです。それでも生きねば」

生きねばなりません、と重々しく繰り返す作助に私は頷かずにはおれなかった。

「そうだな。まだ死ぬ訳にはいかぬものな」

「そうですよ。しっかりしてください」

私は未熟だ。この歳になっても、まだ気付かされることがある。

右大臣という位を与えられても、そんなものは宮中でのことでしかなかったのだ。

心優しい人々が手伝いをしてくれたおかげで、ようやく南館を人が住めるように整えることができた。

井戸を掘り上げ、垂木や垣根を修理してくれた腕の良い大工は、熊と同い年の童の父であった。名を捨丸《すてまる》という。若いのに人の顔色を窺うところのない、気持ちのいい青年である。

「ご老公。また困ったことがあったら何でも言ってくださいよ。近くに住んでいるんだ。助け合っていかないと」

「心遣いに感謝します。ただ、あまり当家には近寄らぬ方がいいでしょう」

「どうしてですか。年寄りと子どもだけじゃ苦労をする。都はどうか知らないが、この辺りじゃ子どもは土地の者みんなで育てるんだ」

素晴らしいと思う。私たちもその地縁に繋がることができたなら、どれほどいいだろうか。

「捨丸殿。私は罪人として、この地へ流されてきました。政敵は私の生命を狙っているかも知れない。過度に関われば貴方たちにも累が及ぶやも。それに私は帝の詔によって謫居《たっきょ》とされた身ですから、この敷地を出る訳には参りません。貴方たちの手伝いをすることができないのです」

「でも、無実なんでしょう？　あちこちで役人たちが話していました。無実の罪で右大臣が流されてくるって。自分たちには役人の世界なんて知らないが、何の罪もない人間が酷い目に遭うのは間違っているのは分かります」

もう眠たげな子どもを抱いて、西の空に沈んでいく夕日を眺める。

「厳しい世の中だ。手を取り合って生きていかなきゃ。何か困ったことがあれば、また呼んでください。まぁ、呼ばれずとも勝手に様子を見に来ますよ」

「ありがとう」

文字通り、これはありがたいことだ。当然なことでは決してない。

今、ここで縁もゆかりもない左遷されてきた老人と子どもたちを救うことは、彼らにとって何の手柄にもならないというのに。

思えば、都では利害関係こそが人々を繋ぐものだったように思う。得をする者、損をする者が存在し、誰もが得をしようと必死になっていた。ただ、そうでなければ都で暮らすことはできなかっただろう。

位の上下によって緩慢と頭を下げ、位が下であれば、上の者にへつらうのが当たり前になっていた。人の身分に上下をつけて、手柄や冠位が大切な場所で生きてきた。そこで手に入れたものを、悉《ことごと》く奪われた私と、何の利もない者にさえ手を差しのべんとする彼ら。子を抱いて帰っていく捨丸殿の背を見送ってから、私はただ感謝を込めて頭を下げた。誰に強要された訳でもない。自ずと頭が下がる思いがしたのだ。

「この場所で、誠を以って生きよう」

私の心の臓が止まる、その時まで生き続けねばならない。

茜色の空に鐘の音が響いた。方角からいって、きっと観世音寺だろう。古代、母である斉《さい》明天皇《めいてんのう》の菩提《ぼだい》を弔う為に、天智天皇《てんじてんのう》が発願した寺であると聞く。大宰府政庁が西海道を統括する役所であるのなら、観世音寺は寺院を統括する寺、『府の大寺』である。

響き渡る鐘の音に耳を傾けながら、政庁の楼閣を遠くに眺めた。

大宰府での暮らしは華やかな都の暮らしに比べれば、何とも寂しいものだった。監視の目があるので外に出ることも叶わない。尤も、帝の詔によって謫居を命じられたのだから、一歩も外へ出ようとは思わなかった。

詩歌の中では涙に暮れて過ごすこともできようが、幼い子を持つ父としてそのような姿を容易に見せることはできない。

不便に駄々をこねることも何度かあったが私はその度に、かつて栄華を誇ったが零落した公卿を例に語り、飢えて路傍で死んだ彼らに比べれば、父と屋根のある場所で寝食を共にできるお前たちはどれほど幸せか、と教え諭した。天の恩は計り知れないものだ。

私自身、穏やかでおられたのは子どもたちの笑顔に慰められているからだ。これが私ひとりであったなら、悲嘆の果てに首を括っていてもおかしくはなかった。

私は幼い二人に漢詩を教えることにした。教養は荷にならず、幾らでも頭の中へ蓄えることができる。生きていく上で、役に立たないものはひとつもない。

夜明けと共に目覚めたら掃除をし、質素な朝餉を済ませる。午前中は漢詩を教え、午後は子どもたちの遊び相手をして過ごす。とはいえ、老いた身では大して付き合うことができないので、近所の子どもたちが庭へやってきて共に遊ぶ様子を眺めた。

大宰府から僅かばかりとはいえ給金が配されたので、どうにか食べていくことはできたが、余裕は一切ない。あらゆるものを切り詰めなければ、生活することもままならなかった。

それでも助けとなってくれる人々がいた。

旧知の小野葛絃《おののくずお》が訪ねてきてくれたのは、その最たるものだ。大宰府の次官のうち最上位である大弐《だいに》を務めている。大宰権帥が不在の場合には、その実務を執る方である。

縁側に腰掛けて庭で遊ぶ二人の姿を眺めていると、荘厳な牛車が表で停まった。作助が応対に出ると、しばらくして庭に見覚えのある男が顔を出した。

「大宰権帥殿、息災かな？」

どれほどぶりだろうか。久方ぶりに見る友人の姿に思わず涙が溢れた。大宰府に到着したあの日、出迎えてくれるのではないか、と勝手に思い込んでいた自分を恥じたのだ。

「小野殿。このような場所にご足労頂き感謝します」

「頭を上げてくだされ。私の方こそ出迎えもせずに申し訳なかった。しかし、貴方は左遷された身。大弐が親しげに出迎えたとあれば下の者たちに示しがつきませぬ」

「分かっております。いや、本当によく来てくださいました」

隣に腰を下ろした旧知の友は、髪も白く染まり、幾分か肥えたように思う。

「ますます貫禄が出てまいりましたな」

「ははっ。腹ばかり出て困ります。いや、しかしお互いに歳を取った」

長旅の疲労と心労もあり、私の方はすっかり痩せ細ってしまった。

「……この度は誠に災難でしたな。時平たち、藤原北家の讒言が原因だということは伝え聞いております。あの性悪共め。物事の分別もつかぬか」

「もう過ぎたことです。こうして幼い子どもたちと共にいられるだけでも良しとせねば。それに小野殿には御礼申し上げる。出仕を禁じられた身に給金など支払われぬ筈」

「礼には及びませぬ。此度の変事に対して思うところがある者は多いのです。しかし、ごく僅かな額しか作ることができませなんだ。故に野菜や干し肉を持って参りましたので、お納めください」

「ありがたく」

頭を下げた私の肩を抱くようにして、小野殿が耳元へ口を寄せた。

「時平の刺客が屋敷の近くをうろついております」

すっと離れた小野殿の表情は固い。この様子だと同行した役人の中にも時平の息がかかっている者がいるのかも知れない。

「菅原殿、どうかくれぐれも敷地を出られませぬよう」

「承知仕りました」

言われずとも敷地から出るつもりはないが、やはり此処を出ればそれを大義名分に私たちを殺すつもりだ。やはり子どもたちを逃すべきは、私の死後となるだろう。

「また詩を詠んで宴を催したいものですな」

「宴でなくとも、詩を詠むことはできます。こちらへ来るまでの道中も、此処での暮らしも詩歌にして残しております」

「ほう。それは興味深いですな。菅原殿の詩歌であれば宇多様もきっと目を通したいと仰るでしょう」

「ありがたいことです。小野殿、その際には任せても宜しいでしょうか？」

我が一命を以って、遺された家族の減刑を願う。私の願いを汲んでくれたのか、小野殿は静かに首肯して、それから立ち上がった。

「本来、大弐の務めは大宰権帥の補佐をすること。この小野葛紘、しかと承りました」

「頼みます」

「また様子を見に参ります。次は子どもらに唐菓子を持って参りましょう」

にこり、と人の良い笑顔を浮かべて小野殿は政庁へと戻っていった。


都にいる宣来子から便りが届いた。文の内容はこちらを案ずる言葉に始まり、自分たちの心配は不要であることや、流刑になった子どもたちが比較的優遇されていることが書かれていたが、おそらくは私に心配をかけまいと虚実入り混じっているだろう。実家に帰った妻の立場も手紙ほど良くはあるまい。それでも昆布などの品を送ってくれた妻に頭が上がらなかった。

私は小紅と熊のことを詳細に書き、大宰府で人々に助けられながら生活していること。最後に心配は要らぬと書いて使者へ文を託した。

人々の親切や、妻の便りに励まされながら日々を送る。

この土地の習慣にも慣れようとしたが、長年暮らした都とは異なる気風にはなかなか馴染むことができずにいた。しかし、それでも親切な方が多かった。

手慰みに菊作りがしたいと思っていると、苗を分けてくれた寡婦がいた。餡子《あんこ》の入った餅に梅の枝を添えてくれた風流な老婆や、立派な杖を贈ってくれた山僧がいたし、口は悪いが野菜を分けてくれる男もいた。唐の通詞である李元環《りげんかん》は唐物の竹で編んだ椅子をくれた。これは私の愛用の品になり、家の中でも庭でも使うようになった。

監視付きの身ではあるが、心通わせる大宰府の人々もできた。

その中でも特に印象的なのは『伏見様』と民たちに慕われる老人のことだ。小柄で厳しい顔つきをした偏屈な年寄りで、初対面の時から私のことを菅原と呼び捨てにした。私の方が若輩であるので、それについては特に思う所もないのだが、この老人は妙に懐かしい雰囲気をその身に纏っていた。

「童どもよ。息災であるか？」

「わー。こんにちは。伏見様」

「よしよし」

娘たちに殊のほか優しく、ふらり、と土産を持ってやってきては、縁側に腰かけて庭を眺めながら、二人で取り止めのない世間話をする間柄となった。本名も素性も知らないまま、私もこの老人のことを『伏見様』と呼んだ。京の都に住んでいたことがあるのか、所作や話し方がこちらの者たちとは少し違う。

「菅原よ。何故、屋敷の外へ出ようとせぬ。見張りの者たちとて、形ばかりのものであろう。辺りを歩いて気を晴らそうとは思わぬのか」

「お心遣いに感謝致します。しかし、私は帝の勅命によって謫居とされた身。帝の詔がなく、敷地から出ては忠に反することとなります」

私の言葉に伏見様は眉間に深い皺を寄せて、ままならぬというように腕を組んだ。

「主君への忠誠、大儀と申しおく」

重々しい言い回しに私は微笑んで頭を下げた。周囲の信頼厚く、幼い童たちに手を引かれて通りを歩く姿は私には眩しいものがある。

「ありがたく」

庭の井戸で、頂いた野菜の泥を拭う娘たちが、楽しそうにはしゃいでいる様子を伏見様は複雑そうな面持ちで眺めていた。

「愛らしい娘御よ。息子も幼いながらに漢詩を嗜んでおるのか」

「簡単な手ほどきをしているだけです。果たしてモノになるかどうか」

それでも勉学に励む姿勢は幼い頃より培っておかねばならない。

煮炊きの煙が辺りに漂っている。夕餉の支度をする音に耳を傾けながら、御笠山の空に浮かぶ夕月を眺めた。

「伏見様。不躾ですが、都でお会いしたことはありませんか？」

「ある。だが、おぬしの方は覚えてはおるまい。初めておぬしの顔を見た時には、まだ母御に手を引かれておった」

「そうでしたか。大変なご無礼を」

「かまわぬ。今は子らのことを考えておれ。片時も目を離さず、腕の中に抱いておればよい。おぬしがしようとしていることも承知しておる。だが、子らには父はひとりしかおらぬということを肝に銘じておくのだ」

よいな、というと伏見様は曲がった腰を押さえながら縁側から降りて、ぐい、と背中を大きく伸ばす。

「夕餉を食べていかれては如何ですか」

「たわけ。食い扶持を減らしてどうする。心得違いをするでないぞ。わしはおぬしに土産を持って参ったのではない。わしが食べきれぬ分をここへ置いたに過ぎぬ」

よいな、ともう一度念を押してから、億劫そうに屋敷を後にした。

伏見様が何処からやってきて、何処へ帰っていくのか。知る者は誰もいないという。


夏のある夜、庭に蛍がいると小紅が気づいて、熊と共に蛍狩りしようと言い出した。

「捕らえてしまったら、その蛍は家族と離れ離れになってしまうよ」

私の言葉に二人は蛍を追い回すのをやめて、私の傍に座ってその光を大人しく眺めた。

「父上。紅たちは捕らえられてしまったのですか？」

小紅の言葉に胸が痛んだ。幼いながらも、自身の境遇を感じ取ったのだろう。

「小紅。父は何の罪も犯してはいない。いずれ嫌疑が晴れて母の元へ戻ることができよう。その日まで父や熊とこうして穏やかに過ごすのは嫌かい？」

「いいえ、いいえ。紅は、父上と一緒にいられて幸せです。それに長い間会えなくても、その分たくさん大きくなりますから、母上たちに会ったらきっと驚きます」

「そうだね。ここ半年で随分と背が伸びた」

「あねうえ。ぼくも大きくなりました」

そうして爪先で立とうとする熊が私の衣にしがみつく。真綿を丸めたような小さく柔らかい手を握る。

「親子三人、手を取り合って生きていかねばな」

「父上。また家族で宴をしましょう。紅は今様を歌います」

「熊も、熊も！　あねうえとうたいます」

庭の桜や梅の木を眺めながら、一族の者たちで宴をしていた頃のことを思い出す。春の訪れを祝い、詩歌を詠んで過ごした日々。

「歌って聞かせておくれ。お前たちの歌を」

はい、と競うように二人で庭へ飛び降りると、榎の木の下にある岩の上に立って、幼い姉弟があどけない声で歌う。歌詞の内容は童歌のようで、きっと大宰府の子たちに習ったのだろう。御笠山から立ち昇る煮炊きの煙が空で、さまざまな動物となって駆け巡るというもので、その背に乗って遊びたいという伸びやかな歌であった。

私は手拍子をしながら、幼い歌に耳を傾けた。

こんな日々がいつまでも続けばいい。

そう願わずにはおれなかった。


延喜二年。

大宰府へやってきて一年が過ぎる頃には持病が悪化し始めた。

足に浮腫ができ、痺れが取れないようになった為、一日のほとんどを横になって過ごすようになってしまった。嘔吐、食欲不振が続き、遂には血を吐くようになった。体重は減り続け、手足から肉が削げ落ちていくような有様だ。

医師にかかろうにも、そんな金銭の余裕などない。満足に薬を飲むこともできず、ただ痛みを和らげる為に眠りにつく。

心配する娘たちを、作助が宥める日々。

己の死は覚悟していたことだ。私が死ねば、家族は都へ戻ることができるかも知れない。それだけが私に残された希望だった。

詩歌に反省と忠誠を遺し、悲嘆に暮れる日々を記していく。

しかし秋を迎えた頃、唐突に悲劇が私たちの元へ訪れた。

熊が病に倒れたのだ。


激しい発熱、咳、嘔吐。

なけなしの金銭を支払い、作助に薬を買って来させたが、まるで効き目はなかった。

全員で夜通し看病をし、何とか幼い命を救おうと試みた。

三日三晩、高熱が続き、意識が朦朧としていく熊に必死に呼びかける。

痩せ細った左右の手を私と小紅が握り、懸命に励まし続けた。熱に浮かされて、苦しげに呻き続ける幼い我が子を前に、私はなんと無力だろうか。

「ははうえ、ははうえ」

涙を流し、繰り返し母を呼ぶ息子を前に、私には何もできることがないのだ。

目の前で幼い命が散ろうとしている。私の握った小さな手が離れていこうとしていた。

「お願いします。神よ、仏よ。私から子どもを奪わないでください。罪は私だけにあるのです。子どもたちには何の罪もありません。どうか、どうか」

額に小さな手を押し抱きながら、私は神仏に懇願した。

不意に、小紅が弟の頭を己の膝の上にのせた。かつて宣来子がそうしていたように、そっと頭を撫でてやりながら熱に苦しむ弟を慈愛に満ちた顔で見つめた。

「熊、母ならここにおりますよ」

穏やかな大人のような声音で、小紅が語りかける。

「大丈夫。母がここにおります。何も心配などいりませんから、もうお休みなさい」

優しく震える手で頭を撫でる姿に、涙が止まらない。

最期に熊は瞼を開くと、安堵したように末期の息を吐いた。

握った手からゆっくりと力が抜けていくのを感じた。

小紅がそっと熊の瞼を閉じてやると、その小さな頭を胸に抱いた。

「父上。紅は、嘘をつきました。母上ではないのに。嘘をついたのです」

そうして大声で泣き出した幼い娘を、私はただ泣きながら抱きしめることしかできなかった。

この世に生を受けて五年。隈麿の幼い命は呆気なく終わりを告げた。

翌日、役人がやってきて小さな棺桶へ熊の遺骸を納めた。私は小野殿に懇願し、熊の遺骸をここから見える小さな丘の上に埋葬することを約束して貰った。せめて拝むことのできる場所に息子を弔って欲しかったからだ。


熊の読む漢詩の声が聞こえない。

幼い姉弟が無邪気に遊ぶ声は、永遠に失われてしまった。

悲しみ、死を悼む歌を記すこともできない己を恥じた。

残された一族の為、私が遺さねばならないのは反省の詩だ。

しかし、そんなものに何の価値がある。

失われた幼い命はもう二度と戻らないのに。

涙で濡れた本を壁へ投げつける。庭で声を潜めて泣く娘の声が聞こえる。

私はあの子を守らなければならない。

この命を懸けてでも。


熊が亡くなったことを文で宣来子に報《しら》せるか迷っていると、向こうから文が届いた。

その内容に目を通した時、目の前が闇に包まれたようだった。

文には妻が亡くなったことが、弔いの言葉と共に書き記されていた。可能な限り私に心配をかけまいとする娘たちの優しさに、胸が痛む。

妻も最期に、呼びかけるように熊の名を呼んだという。

思えば、妻には不思議な力があった。鋭く物事を感じ取る力に長けていた。

「熊の死を感じ取ったのか」

膝を折って文を胸に抱いて泣いた。あの夜、熊の言葉はきっと母の元へ届いていたのだ。

己を呼ぶ幼い息子の声を妻は聞いたのだろう。

母の死を、私は娘に伝えねばならないのか。

神仏は何をしているのか。

言葉にならぬ怒りに身体が震えた。

年を越す頃には、大宰府は尚一層寒さを増した。軒から氷柱《つらら》が落ち、桶には厚い氷が張った。格子窓の向こうは一面の銀世界であった。

家を温める為の炭を買うだけで蓄えが消えてしまい、最低限の食糧は小紅と作助に与えた。私は胃を酷く病んでいて、とても食事をすることができない。

朝方、夜明けと共に庭へ出て、熊の墓のある丘へ向かって祈っていると、不意に垣根の向こうに伏見様が立っているのに気がついた。

我が子の死をなんと説明すべきか。まるで声が出てこない。

「菅原よ。おぬしはもう永くはない」

唐突な言葉だったが、私はそれについて何も感じることはなかった。

「はい。存じております」

「己の死が恐ろしくはないのか」

「死ねば、死んだ息子や妻の元へ行くことができますから」

言葉に思いを乗せると、涙が溢れた。

「それがおぬしの願いだというのなら、そうなることをわしは望むが、まだ結末は分からぬ。分水嶺は、まだここより先にあるのだ」

「息子たちの元へ行くことができないのなら、私は何処へ行くというのです」

「その時には、お主もわしと同じ神の一柱となるであろう」

厳かな言葉に顔をあげると、伏見様の両の眼が金色に光り輝いていた。ただの老人ではないと思っていたが、目の前に立つ老人が神だというのもにわかには信じられない。むしろ、不敬かもしれないが、この程度のものなのかと思わずにはおれなかった。

「……ご自身も何処《いずこ》かの、名のある神と仰るのか」

そう言葉にするのと同時に、胸の内でぐらぐらと怒りが沸き起こるのを感じた。萎えた足に力が籠り、ぶるぶると握り締める拳が震えた。目の前に仇がいるような思いさえした。

「この世に神も仏もいるものか！」

気がつけば恐ろしい声で叫んでいた。生まれてから、これほど大きな声で誰かに叫んだことなどない私が、目の前の神を名乗る老人には黙っておくことができなかった。

「貴方が神だというのなら、どうして我が子を救ってくださらないのか！　何の罪科《つみとが》もない幼い子どもが、どうして死なねばならないのですか！　愚かな父を持ってしまったのが罪だというのですか！　幼い娘が目の前で弟を看取らねばならない地獄が、この世にあるでしょうか。私は、まだ子どもでいられる筈の娘に、あんな残酷な嘘までつかせてしまった」

私は誠を尽くしてきた筈だ。正しい行いは、必ず報われると信じて。

子どもたちも善人だ。誰かを貶めることなく、誠実に生きた。

しかし、平気で罪を犯す悪人どもは幾らでもいる。私を貶めて追いやった者たちは今も宴を催して、帝に讒言を繰り返している。死すべきは、我が子ではない筈だ。

「神などいない！　仏もだ！　何も救わぬものに何を縋れというのか！」

老人は反論するでもなく、ただ静かに私を見ていた。

「病の床についた子どもが、死んでいくのをただ眺めているだけの神に、いったい何の価値があるというのです！」

伏見様は苦々しい顔をして、首を横に振った。

「人として生きて死にたければ、くれぐれも人を恨むでない。人の営みの中で起きたことを、その理の外から変えようとしてはならぬ。さもなければ、おぬしは望まぬ形で神となるだろう」

そうして忽然と姿を消してしまった。垣根の向こう、雪の積もった道を見下ろすと、そこには冬だというのに、実った稲穂が一房、無造作に転がっていた。

延喜三年二月二十五日。

とうとう私は布団から動くことさえできなくなった。

傍で私の手を握る小紅は大きな目に涙を湛えて、懸命に嗚咽を堪えている。

「作助。流罪になった者は死して後に荼毘《だび》に伏し、故郷へ返すのが通例だが、故あって私はそれを願わない。亡骸は牛の牽く車に乗せ、人には引かせず、牛の止まった所へ埋葬せよ」

「旦那様。京の都へ帰らずとも良いのですか」

「泣かないでおくれ。罪の晴れないまま、帰ろうとは思わない」

それに熊の眠る土地から離れようとは思えなかった。流刑となった地に、幼子を置いていく訳にはいかない。ひとりでは余りにも可哀想だ。せめて父が共にいてやらねば。

「小紅。私が死ねば監視は消えるだろう。作助と共に高視の元へ逃げなさい。この文があれば高視も事情を知るだろう」

「嫌です。父上、紅をひとりにしないで」

胸に縋りつく娘の頭を撫でていると、死が恐ろしくなってくるから不思議だ。とうに死など受け入れていた筈なのに。

「生きなさい。生きてさえいれば、残せるものがある」

葬儀は都から門弟がやってきて取り仕切るだろう。きっと味酒安行《うまさけのやすゆき》ならばうまく作助たちを逃すことができる筈だ。

「私の詩歌は小野殿へ託しておくれ。難しければ家人に託しなさい」

「承知しました」

意識が遠のいていくのを感じる。言葉をただ紡ぐだけで、これほど疲れるとは思わなかった。私の身体は死のうとしている。それがありありと感じられた。

「紅姫。其方は幸せになりなさい。どのような場所であろうと、懸命に生きるのですよ」

小紅の細く小さな手を感じながら、目を閉じた。

そうして、まるで眠りにつくように私の意識は深い所へと落ちていった。


大宰府で過ごすこと二年、波乱に満ちた五十九年の生涯はこうして幕を閉じた。

◇

気がつけば、私は闇の中にいた。

前後も左右もなく、上下さえない漆黒の闇。

そこにただひとりで立っていた。

私は死んだ筈だ。

「熊？　熊、何処にいるんだ。父だ。父はここにおる。宣来子、いないのか！」

いくら闇の中へ声をかけてみても返事はない。

此処は何処だろうか。とても極楽のようには見えぬ。さりとて賽《さい》の河原も見当たらない。

ただただ漆黒の闇が広がるばかりだ。黄泉の国だとしても、何もないなどということがあるだろうか。

「誰か、誰かいないのか」

先立った妻は、幼い息子は何処にいる。どうして私だけひとりきりなのか。

不意に、背後で音がした。

振り返ると、足元の闇に穴が空いていて、そこから逃げ惑う者たちが見えた。

何処かの山奥を作助が、小紅と共に駆けていく。二人を追いかけているのは、刀を持った武人が数人。そのどれもが手練であることは明らかだった。よほど夜目が利くのか、音もなく山の中を飛ぶように追い詰めていく。

「そんな、まさか。どうして」

罪人である私はこうして死んでいる。だというのに、時平たちは刺客を差し向けたのか。齢九つになったばかりの娘を討とうというのか。

「やめろ、やめてくれ！　その子に何の罪がある！　私はもう死んだ！　罪人ならここにいる！　娘は関係がないのだ！」

夜の森を逃げる二人に追っ手が迫る。このままでは捕まるのは時間の問題だ。

作助が自身の荷を紅に託し、大声をあげて男たちの前へ躍り出た。そうして囮となって引きつけ小紅から離れていく。その隙に小紅は泣きながらひとりで懸命に逃げた。鋭い枝が頬を裂き、衣の裾を破いても、生きようと必死に走り続ける。

「逃げろ、逃げてくれ！　紅！」

その後方で刺客に囲まれた作助が、とうとう凶刃に倒れた。うつ伏せに倒れたところへとどめとばかりに幾度も刀が突き立てられる。やがて作助が絶命し、その身体から魂が抜け出て一筋の光となって空へと飛んでいくのを私は見た。

私のいる闇を突き抜けて、遥か高くへと矢のように飛んでいってしまった。

「紅！　逃げなさい！」

嫌だ。嫌だ。嫌だ。どうしてこんなことになる。無実の罪で都から追いやり、困窮の底で死を与えても尚、彼奴らは満足しないのか。まだ足りないというのか。

小紅は懸命に、最後まで懸命に生きようとした。

他ならぬ私の言いつけを守って。

山を越え、谷を駆け下り、必死に逃げようとした。しかし、追っ手は情け容赦なく幼い娘を追いかけ、ついにその切っ先で薄い胸を貫いた。

私は声なき悲鳴をあげた。己の心の臓を貫かれた思いがした。

小紅の魂もまた肉体を離れると、一条の光となって空へと駆けていった。手を伸ばした私の手は何も掴むことなく、ただ闇の中にあるばかりだ。

刺客たちは娘の亡骸を足蹴にすると、刀についた我が娘の血を衣の裾で拭い取った。幼い娘は、冷たく暗い山へ捨てるがままにされた。誰に弔われるでもなく、ただもののように打ち捨てられたのだ。

「……それほどの罪なのか？　私が、一族が貫こうとした帝への忠誠は、それほどの大罪であったのか？　なんの罪科のない幼い娘を追いつめ、殺さねばならぬ程のものなのか？」

怒りで魂が沸騰する。

憎悪が紫電となって迸る。溢れた血涙が両の眼から滴り落ちて、闇を焦がした。

あの神を名乗る老人の言葉が、一瞬だけ脳裏を過ぎったが、最早そんなものはこの憎悪の前にはなんの意味も持たない。

「貴様らは、それほどに独占したいのか。そうまでして己の地位を守りたいか。私が最期に遺した、たったひとつの儚い希望さえ、小さな祈りさえも踏み躙《にじ》るのか！　赦さんぞ、断じて赦すものか！　天が裁かぬというのなら、この怨嗟を以って打ち滅ぼしてくれる！」

足元の闇が、脆い瑠璃《るり》の如くに砕け散る。

夜空へ落下する最中、爪先から湧き上がる雷雲を踏みつけ、御笠山を眼下に雲の上へと一息に舞い上がる。憤怒は黒雲となって膨れ上がり、巨大な雷雲と化した。

迸る紫電を纏い、黒焔を口から吐きながら、遠く京の都をこの眼に捉えた。
滅ぼすべき仇の都を。

◇

延喜三年より四年。
旱魃、疫病が流行す。
数多の死者あり。
菅丞相《かんしょうじょう》の祟りとする声、数多あり。

延喜五年八月十九日。
味酒安行によりて御廟殿を造立、天満大自在天神《てんまんだいじざいてんじん》と称す。

延喜八年十月七日。
藤原菅根《すがね》　病死。

延喜九年四月四日。

藤原時平　病死。

延喜十九年四月。
大宰府天満宮竣工。

延喜二十三年三月二十一日。
皇太子保明親王《やすあきらしんのう》（藤原時平の甥）　病死。

同年閏四月十一日。
改元によって、延長元年と称す。

同年四月二十日。
菅原道真を右大臣に復し、正二位を追贈。左遷の詔を撤回。
死穢《しえ》を恐れ、関係書類を焼却。

延長三年六月二日。

慶頼王《よしより》（藤原時平の甥）　病死。

延長八年六月二十六日。
宮中　清涼殿に落雷。
醍醐天皇　病に伏す。
藤原清貫《きよつら》　雷死。
平希世《たいらのまれよ》　雷死。
源是茂《これしげ》　雷死。
美努忠包《みぬのただかね》　雷死。
紀蔭連《きのかげつら》　雷死。

同年九月二十九日。
醍醐天皇　崩御。
改元によって、承平元年と称す。

正暦四年。

正一位太政大臣を追贈。

◇

黒い死と、赤い血の穢《けがれ》で、指先ひとつ動かすことができない。私は祟り神と成り果てた。疫病と死、雷と火を撒き散らす祟り神として恐れる人々の信仰が、この身を縛り付けている。此処は凍えるほど寒いのに、身体の内側は炎で炙られているように熱い。闇の底に蹲《うずくま》る私の周りには何もない。ただ虚無が広がるばかりだ。私と、私が祟り殺した者たちの怨嗟が穢となって、この身を侵していくのが分かる。

怒りのままに祟りを振り撒いた。我を忘れていたのではない。この身を焦がす怒りに従い、私を追い詰めた者ども、それに連なる三族《さんぞく》に至るまで滅ぼさんとした。祟り神を鎮めんとして追贈された位階や神号。それらは崇敬ではなく、我が雷から逃れようとする命乞いに過ぎない。

貧しい民草から取り上げた供物を積み重ね、美辞麗句を並べ立てた祝詞で命を贖おうとする者ども。そんな宮中の凡俗の願いが天に届くと思っているのか。

もはや、位階も崇敬も要らぬ。

この耳に届くのは、祟り神に縋って政敵を殺さんと欲する嘆願ばかりだ。

人は、かくも醜い。己の保身の為に他者を貶め、弱きものを虐《しいた》げ無力な幼児を凶刃にかける。腹を痛めて産んだ我が子を二束三文で売り払い、善人を罠にかけて詐欺を働き、己の怠慢を棚に上げて悪事に手を染める。

人の短い一生に、一体なんの価値があるだろうか。

苦しむばかりの生涯を送るくらいならば、最初から生まれてこない方がいっそ幸せではないか。何も実らせることもできず、歩みを止めることになるならば、その生涯に意味などあろうか。弱肉強食の世だというのなら、弱者は何を縋って生きていけばいい。

その時、不意に足元でほんの小さな灯りが点った。目をやると、闇の底に地上の様子が垣間見える。そこには幼い兄妹が社の前に立っていた。あれは私の霊廟である。

貧しい家の子どもであろう二人は、手に持った小さな餅を半分に分けると、ひとつを廟の前へと供えた。そうして残った半分をさらに二つに割って、兄が妹へ大きな方を分けてやる。

頭を下げて、小さな手を合わせるのが見えた。

あの小さな餅を得るのに、どれほどの労を要したろうか。空かせた腹を少しでも満たしたいはずだ。あの齢の子がそれを供えてでも叶えたい願いとは、どれほどの大願か。読み書きもできず、帝の名さえ知らぬ子どもの願いに耳を傾けずにはおれなかった。

『かみさま、かみさま。明日をいい日にしてください』

あどけない声が、私を呼ぶ。良い明日が来るように、と願いを込めて。

『おっとうとおっかあと、家族みんなで幸せに暮らせますように』

大願とはほど遠い、けれど切実な祈り。

幼い兄妹の曇りひとつない、ささやかな願いに胸を打たれた。

その祈りのなんと純粋なことか。胸のうちに温かく、切ないぬくもりが思い出された。凍えた朝に、打ちひしがれた日に、差し伸べられた掌が蘇る。

――ああ、私は願いを託されたのか。

願いとは祈りである。

いつか花咲き、実を結ぶことを信じて、日々を歩み続ける。それこそが生の本質ではなかろうか。諦めることなく、最期の一瞬まで生きることをやめない。その姿が美しいのだ。

「うう」

死穢に塗《まみ》れた身体で立ち上がると、闇のあちこちから子どもたちの祈りが聞こえてきた。

それらは夜空に浮かぶ星のように瞬いて、微かな光を放っている。それらの方へ行こうと、一歩闇の中を進もうとすれば、剣山を裸足で歩むような激痛が我が身を襲う。他ならぬ私が祟り殺した者たちの怨嗟が、私をここへ縛り付けようとしているのだ。

痛みに蹲ろうとした私の両手を、そっと握るものがあった。

その柔らかく、懐かしい感触にハッとする。

真綿を小さく丸めたような柔らかく幼い手が、私の右手を掴んで引こうとする。左手を掴む手は雪のように白く、桜の枝のように細い。

「ああ、ああ。お前たちなのか」

幾度となく繋いだ子どもたちの手を忘れるはずがない。

死して尚、父の手を引こうというのか。

「許しておくれ。お前たちを死なせてしまった、愚かな父を」

留めようとする怨嗟を背負い、激痛に歯を食いしばりながら、私は子どもたちの手を頼りに一歩ずつ進み続ける。

闇の中にうっすらと見える小紅と熊は泣いていた。歩いて、歩いて、と声なき声が聞こえる。子どもたちに手を引かれなければ歩くことさえままならない。なんと情けない親だろう。

「歩くよ、歩くとも。だから、泣かないでおくれ」

闇の奥、道の先に眩い光が見えた。

私は泣きながら、懸命に足を動かし続ける。予感があった。あの光に辿り着いたなら、きっと私はもう人として死ねることはなくなる。この子たちと永劫に別れて、生まれ変わることすら叶わない。二度と二人の親になることはできない。

今の私には分かる。

天の理、地の理、人の理。

生々流転。生命は形を変えながら、永劫に輪廻を続けていくのだ。生は新たに形を得ることで、死は形を失うこと。その繰り返しに過ぎない。小紅も熊も輪廻の輪へ戻り、新しい命を得る。

神は、その輪の外に在る。

理の外から、命を見守り続けるのだ。

「……ああ、これが私の犯した罪の贖いなのだな」

涙が止まらない。

悲しいのではない。

もう二度と交わることのない、この道をひとりで行くのがただ寂しい。

しかし、それで何処かの幼子の祈りを聞き届けることができるのなら、私はこの道を進まねばならない。

光に触れた瞬間、眩さに全身を包まれた。

幼い二人の子どもを、刹那の合間に強く抱きしめたように思う。

この至らぬ父を、子どもたちは抱き返して離れると、我が家へひと足先に帰るような楽しげな足取りで、笑い声と共に天へと還っていった。

◇

瞼を開くと、私は雲ひとつない黎明の空を見上げていた。

呆然と身を起こすと、手足が軽い。顔に触れると、自分が若返っているのが分かった。心の臓に手を触れると、穏やかな鼓動が響いている。人のようだが、この身は人のものではない。

立ち上がると、眼下に広がる光景に思わず言葉を失った。

私は山の頂に立っている。雲海の下に見えるのは大宰府の街だ。遥か遠くには筑紫の海が見える。連なる巨大な山々は朝日に照らされて、金色に輝いていた。朝露が光を弾いて、眩いほどに。

『かつてこの山は竈門山と呼ばれておった。おぬしたちは御笠山とも呼ぶが、やがては宝満山と呼ばれるようになる』

聞き慣れた声に振り返ると、巨岩の上に巨大な金色の狐が身を起こしていた。たわわに実った稲穂を思わせる柔らかな毛並み、黄金色の瞳が悠然と私を見つめ返す。

「伏見様」

ようやく、その名の意味が分かった。いや、どうして今まで分からなかったのか。

京の都、伏見稲荷大社の御祭神宇迦之御魂《うかのみたま》様。私は幼い頃から母に連れられて幾度となく参拝に行っていたではないか。

『別れは無事に済んだか』

「はい。名残惜しいですが、子どもたちは無事に旅立ちました」

『そうか』

宇迦之御魂様は、そういうと目を閉じて黙祷した。

「あの子たちを、こちらに連れてくることはしませんでした」

『ふん。童は神になぞならずともよい』

その言葉に涙が溢れた。

幼くして非業の死を遂げた子どもたちが、救われたような気がしてならなかった。

『わしはおぬしが人のまま生を終えるのなら、それでも良いと思うておった。人として生きて死ねば、輪廻の輪へ戻ることもできよう』

あの時の言葉に嘘偽りはなかったのだと今なら分かる。しかし、同時にああして私たちの元へ訪れていたことが、如何に神の理に外れていたかも理解できた。

「ありがとうございます。ですが、愚かな私にも役割が与えられたようです」

『己を愚かなどと申すでない。今のおぬしは天満大自在天神の神号を持つ、八百万《やおよろず》の神々の一柱ぞ。人の崇敬に応える義務があるのだ。愚か者には勤まらぬと心得よ』

宇迦之御魂《うかのみたま》様はそう仰ってから、

『見よ。おぬしの廟の背にある小高い山。あの頂にいずれわしの社ができよう』

「それは、未来の話ですか」

『いかにも』

「お教えください。いつかこの地に平和な世はやってくるのでしょうか。弱き者が虐げられることのない、非道の許されぬ時代が来ますか」

未来を見通す稲荷神は、たわけ、と優しく私を叱りつけた。

『それを見届けるのが、おぬしの役目よ。人の子らに寄り添い、その行く末を見守ることが神々の役割であることをゆめゆめ忘れてはならぬ』

「それが、私に与えられた天命なのですね」

私は、これから神として永劫の時を生きるのだろう。

だが、それは八百万の神々と共に、人の子の傍らを歩み続けることである。

崇敬がなくば、この国の神々は死に絶える。

しかし、その最後の一柱となろうとも、私は力なき者たちの声に耳を傾け続けたい。

愛情も、憎悪も。

今際《いまわ》の際《きわ》に流した涙さえ。

全ては、時の彼方に消えゆくだろう。

それでも、遥か先の世に、誰もが移ろいゆく四季を楽しみ、我が子を慈しみ、己の人生を
愛することができる時代がやってくることを、願ってやまない。

結

神幸祭《しんこうさい》という太宰府天満宮の数ある神事の中でも、特に重要とされる神事がある。

毎年の秋彼岸の中日、その前夜に『お下《くだ》りの儀』が執り行われる。

午後七時、本殿において「滅灯《めっとう》」の掛け声と共に全ての照明が落とされ、私の御魂は子孫である宮司の手によって神輿に遷《うつ》され、赤い太鼓橋を渡り、多くの人々と提灯の灯と共に榎社へと向かう。そうして私に梅ヶ枝餅をくれた浄妙尼《じょうみょうに》の社に感謝の幣帛《へいはく》を捧げるのだ。

そうして神輿は榎社の中へ鎮座し、一夜を過ごす。


翌朝、夜が明けたばかりの榎社へ赴くと、まだ境内に人は来ていなかった。午後には天拝《てんぱい》山《ざん》へ向かって宮司が祝詞をあげ、神輿はここを発ち、稚児や花車と共に本殿へ戻っていくことになる。

私の御霊が此処へ帰ってくるのは、菅原道真という一柱の神の原点を見つめ返す為だ。この地で受けた恩は浄妙尼殿ばかりではない。多くの人々の厚意によって、私たち家族は辛うじて、この土地で生きていた。

昨夜、境内の端で近所の子どもたちが祭りの雰囲気に浮かれて、昔懐かしい遊びをしていたのを思い出す。

互いに手を取り合って並び、向かいの友たちと足を蹴り上げながら、花いちもんめ、と歌う遊びだ。あの子が欲しい、あの子じゃ分からん、と言いながらあちらとこちらを行き来する。

この儚き世は、それとよく似ている。

誰も彼もが大切な者と互いに手を取り合っていながら、あれが欲しい、これが欲しい、と声をあげずにはおれない。得難いものを手にしながら、そのことに気づかない。

しかし無情にも、繋いだ手を放さねばならぬ日はやってくる。

別れがあれば出会いがある。

手を離す度に、新たに繋ぐことのできるものがある。そうして、やがては己が旅立っていくのだ。

あの闇の中で、私の手を引いてくれた幼い手を私は忘れたことがない。

冷たい彼岸の空気を感じながら、瞼を開ければ庭で遊ぶかつての子どもたちの姿が見えるようだ。言の葉を集めて、今様を作らんとする幼い二人が、あの小さな石の上に立って、こちらを振り向く笑顔が見える。

ちちうえ、ちちうえ、と私を呼ぶ声が朝の眩い日差しに混じっていた。

「歌って聞かせておくれ。お前たちの歌を」

かつて私の手から離れていってしまった命。

だが、今の私は大勢の人の子らと手を繋いでいる。

離せども離せども、一度繋いだ手を忘れることはない。


この世は美しく、脆いもの。

出会いと別れを繰り返しながら、それでも前へと進んでいる。

四季が巡り、花が咲いては散っていくように。

命もまた生まれては、死んでいく。

けれども、その一生が幸あるものであるように、私は願いに耳を傾ける。

抱《かか》えきれないほどの花を抱《だ》いて待つ、子どもたちの元へ招かれる日まで。

実りを得ようと歩く人々を見守り続ける。

了

嗣人(tuguhito)

熊本県荒尾市出身、福岡県在住。温泉県にある大学の文学部史学科を卒業。在学中は民俗学研究室に所属。2010年よりWeb上で夜行堂奇譚を執筆中。妻と娘2人と暮らすサラリーマン。著作に『夜行堂奇譚』シリーズ(産業編集センター)、『四ツ山鬼談』(竹書房)がある。

@yakoudoukitann
https://note.com/tuguhito/

天神《てんじん》さまの花《はな》いちもんめ

2024年6月13日　第一刷発行
2024年7月26日　第二刷発行

著者　嗣人
イラスト　浮雲宇一
ブックデザイン　bookwall
編集　福永恵子(産業編集センター)
発行　株式会社産業編集センター
〒112-0011 東京都文京区千石4-39-17
印刷・製本　株式会社シナノパブリッシングプレス

ISBN978-4-86311-407-4 C0093

本書はウェブサイトnote発表の作品を大幅に加筆修正したものです。